食わざるもの、DON'T WORK《ドント ワーク》

作　オコチャ
挿画　矢部太郎

ニッポン放送

もくじ
contents

登場人物
character

生井香織
(うまい かおり)
kaori umai

壮太の妹で中学2年生。家族思いだが、心に重荷を感じると素直になれずに悪態をついたり口が悪くなってしまうのがタマにキズ。特技は将棋で、よくオンライン将棋ゲームで対戦している

生井壮太
(うまい そうた)
Sota umai

生井家の長男で高校2年生。母ゆかりが不在となってからご飯を食べなくなってしまった妹・香織のために生井家の“料理長”として初めての料理に挑む。サッカー部のエースだったが、ある事情でやめてしまった過去がある

生井ゆかり

(うまい ゆかり)

Yukari Umai

生井家の母。大の料理上手で、子どもたちの食べる姿を見るたびに見せる笑顔がトレードマーク。生井家からいなくなった理由は、物語の展開のなかで次第に判明する

生井ひろし

(うまい ひろし)

Hiroshi Umai

生井家の父。壮太が中学生になった頃からだんだんと親子の会話が減っていき、子どもたちを心配しているもののうまくコミュニケーションが取れずにいる

スーパー「二重丸」の店員

慣れない料理の買い出しにきた壮太に、なにかとお節介を焼く中年の女性店員

井出

香織の中学校のクラスメイト。文久町に出没する猫情報に詳しい

社長

ひろしが勤める会社の女社長。妻が不在となったひろしを気にかけている

文久町マップ
Bunkyucho MAP

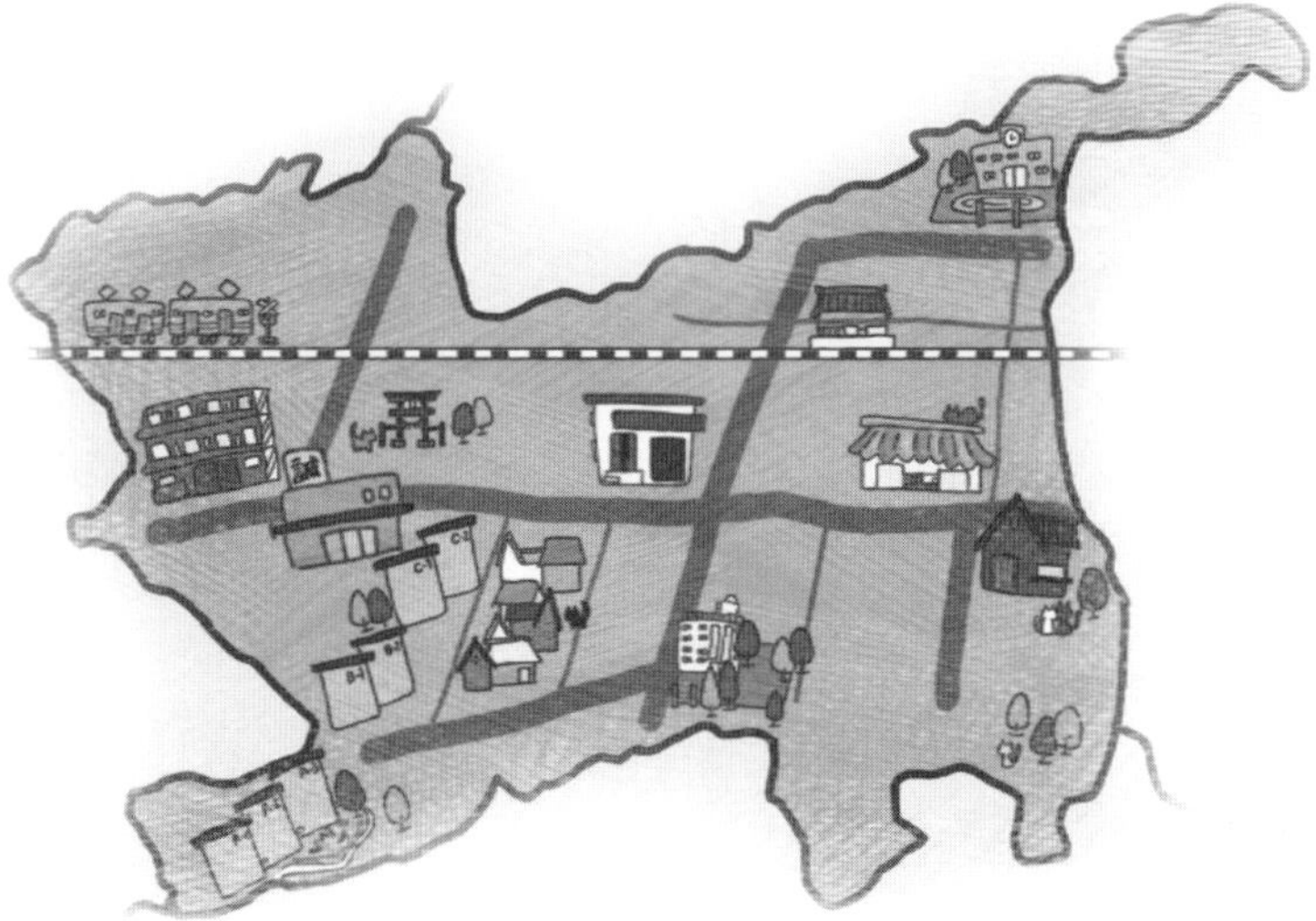

〈マップ作成／ayano〉

壮太たちが住む文久町は、駅に快速が止まらないせいか、
町自体が眠りが早い。
野良猫ものんびりしていて、夕飯どきにはカレーの匂いが漂う。
町内にあるスーパーといえば、個人経営のスーパー二重丸と、
全国チェーンの誠実屋がトップ2。
文久神社は小さいけれど、
最近はパワースポットとして有名になってきているみたい。
町のシルエットは、
よく見ると何かの形に見えるともっぱらの噂です。

第①話

すべてはステーキを食べてから
〜兄・壮太の場合〜

体力があり余った状態で自転車を漕ぐと、体の中がむず痒い。

部活をやめた副反応は、思いもしないところに出る。

やめる決意は固かったが、ほぼ引き止められなかったことへの不信感はずっと残っているし、疲れていないので寝つきも悪くなった。

太るかもしれないという、今まで一度も考えたことのない悩みも生まれた。なにより、予定がないというのがつらい。

今日この後も、その先も、何をして過ごそう？　目的や目標は、失ったときのほうが存在感を発揮する。

「何をしてもいい」は「何もしなくていい」ということなのに、何もしていないと勝手に焦りだす。焦りを抑えるために何かをしようとするが、見つからずにまた焦る。

郵便配達員に抜かされた。覚えている限りで初めての経験だ。

ああ、アルバイトを始めるのもいいな。

学校で禁止されていたかな？　やってるヤツはいるけど、あれって黙ってやってるのかな？　そもそも禁止されてないのかな？　どっちだろう。

以前は、たまにある土日の休みが嬉しくて、せっかくだからと大胆な行動をしていたが、これからはずっと土日のようなものだ。自分で考えて充実した休みを過ごさなければと思うと、嬉しいはずの休みをおっくうに感じる。

母が今の僕を見たら、

「まずは食べてから」

そう言って何かしらを作ってくれるだろう。母はいつだってそうだ。

小学生の頃、サッカーの試合でＰＫを外してチームが負けた。その事実に耐え切れなくて、周囲を気にせず泣きじゃくっていた僕にかけた母の第一声も、「まずは食べてから」だった。

食べたくなくて下を向く僕に、何も言わずアルミホイルに包まれたおにぎりを差し出す母。その横で父は、「ＰＫを外すのはＰＫを蹴る勇気がある人だけだから」と目頭を熱くしていた。知っている名言を真剣に言われると、妙にこそばゆくて笑いそうになった。妹は「お兄ちゃんは勝ってたよ」と言って、おにぎりをほおばりながら頷いていた。がっかりさせたと思っていた3人に励まされたのが、情けなくて、でも嬉しくて。やっぱり恥ずかしくて、放っといてほしくて、おにぎりを受け取って下を向いたまま食べた。

友達と喧嘩して帰ってきた妹にも、家族で遊園地に行く朝に高熱を出した父にも、母は「まず食べてから」と声をかけた。

今日もその声を聞きたいが、聞くことはできない。

その言葉を聞けなくなった父と僕と妹は、空回りをはじめた。人間関係の崩壊は一瞬で、それは家族だとしても同じ。僕は崩壊する速さを知っている。

今が踏ん張りどきだ。今ならまだ間に合う。

ただ、何をどうしたらいいんだろう。

こういうときこそ、「まずは食べてから」なんだろう。何か食べようかな。

ふと、母になろうと思った。いや、あの性格、あの行動力、あの存在感の母になるのは無理だし、母はひとりで充分だから、僕はこの家の料理長になるか。

聞けない言葉を、今度は自分が言う側になればいい。

料理を作れば予定も埋められる。今ある問題のほとんどが解決されるだろう。

よし、まったく料理をしたことはないが、料理を作ろう。

いや、生井《うまい》家の料理長になろう。

何日も悩んでいた問題を一瞬にして解決してくれる母は偉大だ。

高校生から料理長へ——。

そう決意すると、体中のむず痒さは消えて、代わりに単なる背景でしかなかった飲食店や小さな総菜屋、お花屋さんに雑貨屋、歯医者さんに工事現場などがそれぞれの存在感をもって目に飛び込んでくる。

料理という日常の軸を意識することで、人の営みが目につくようになったのだろう。花屋と歯医者には、無意識に「さんづけ」していることにも気がついた。

料理長としての最初のミッションは、妹の香織にメシを食わせることだ。

父からもらう食費を使っている様子もなく、買い置きされたレトルト食品の袋も、コンビニ弁当の空き殻やカップ麺の空き容器も、スナック菓子の袋も、妹の部屋のゴミ箱には捨てられていない。

食べることはおろか、栄養を摂取することにも興味を失っているように見える。

つらいことは重なるというから、中学校で何かあったのだろうか？

妹は、伝える気のない言葉を吐きだすくせがある。

母の料理を食べると、隠し味とやらを得意げに語る恥知らずな一面もある。味は隠れる必要がないんだから、そんなもの存在するはずないのに。

なにより、ストレスがかかると余計なひと言を言って、周囲をどうにもならない感情にさせてしまう。

本人の気がつかないうちに、人が離れて孤立してしまうタイプだ。孤立してつらいことが重なれば、塞ぎ込み転げ落ちるだけだ。自業自得だが、兄として、これは見過ごせない。

というわけで、見過ごせないということを妹に態度で示した。つまり、尋ねたのだ。

「なぜ、メシを食わないのか？」と。

机を「バン！」と思い切り叩き、妹は振り返った。

「壮太には関係ないじゃん！」

「香織、壮太って呼ぶな。お兄ちゃんって呼べ」

「呼び方なんてなんだっていいだろ。話しかけるなよ」

妹が口ごもったら、「まずは食べてからだぞ」と言うつもりだったのに、机を叩かれてしまった。「まずは食べてからだぞ」の出番が失われたので、即興で会話を続ける。

「家族なんだから話しかけたっていいだろ。なんだよ、その口のきき方は。反抗期にもほどがあるぞ」

「うるせーな」

「反抗期に言った言葉は反抗期過ぎても消えないよ。それでつらくなるのは香織自身だからな」

「あのさ、私、人として言ったらいけないこと言ってないよね？　言ってないよね？」

思わぬ反論に少しビビる。

「言ってはいけないことは言ってないけど……」

「だろ？　思ってても言ってないんだから、ウダウダ言う前に私のモラルに感謝しろ！」

毛を逆立てた猫のようにいらだちをあらわに、なぜか感謝を求めてくる。

「モラルに感謝ってなんだよ」

「私のモラルに感謝して、壮太には関係ないって意見を受け入れろ」

また呼び捨てだよ。

「はぁ～」とわざとらしいくらいにわかりやすいため息をつき、僕は続けた。

「あんなにご飯が好きな妹がメシを食わないんだぞ。お兄ちゃんなんだから、関係あるだろ。なんでメシを食わないんだよ」

「先に生まれただけで出しゃばるなよ」

「出しゃばるって……」

「あのな、私に何か言っていいのは藤川壮太五冠だけ。壮太は壮太でも大違いだな」

同じ名前の天才棋士のことは心から応援していたのだが、その気持ちが一気に萎える。

「香織……」

「あ、ごめん。藤川壮太五冠だけじゃない。丸太会長にはぶん回されたいし、阿武先生からは年賀状もらいたいし、長瀬先生には正月って概念壊してほしいし、川ちゃんには自虐を言ってほしいし、昭先生には一刀両断されたいし、壮太五冠だけっていうのは言いすぎだった。訂正する。ごめん」

知らない単語の羅列に、集中力を奪われる。

「いや、何を謝られたかわかんないけどさ、メシを食わない理由を言えよ。なんで食わないんだよ」

「はぁ～。食べてるから」

「お父さんからメシ代もらってるんだからさ、しっかり食べないと」

「無理攻めウザい。はぁ～、部屋でひとりで食べてるから」

「食べてないだろ。全然ゴミ出てないじゃん。米だって減ってないし」

「人のゴミを見るなよ。気持ち悪いなぁ」

「ゴミを見てないから言ってるんだろ。見てたら言わないよ」

「そういうことじゃなくて」

「あれか。食わないんじゃなくて食えないのか。あ～失恋か。失恋は切り替えろ、切り替えろ！　心は痛いけど、切り替えろ」

自ら発した言葉が刃となって、僕の心臓をグサグサ刺す。

心から流れた血が涙となって目頭に浮かんでくる。

そんな兄の姿に妹はあきれた顔になる。

「たかぶりすぎじゃない？　失恋なんてしてねぇよ」

「じゃあ、なんだ。ダイエットか？　ダイエットするなら運動だぞ。代謝上げて、筋肉つけて。そもそも中2でダイエット――」

「してないし！　そもそも太ってないから」

「じゃあ、あれか？　食費を使わないってことは……そうか、金か！」

「え？」

「金が必要なんだな？」

「……別に」

妹の声のトーンが急に下がったので、僕は確信した。

「わかった。警察行こう」

「なんで!?」

「脅されてるんだろ？　もう大丈夫だ！　お兄ちゃんがちゃんとやる」

「脅されてねーよ」

「わかるよ！　脅されてないって言うしかないよな。わかるから」

「わかるなよ。脅されてねーから」

「なかなか言えないよな。お兄ちゃんがなんとかするから。何も言うな」

「待って待って。脅されてない人はなんて言えばいいの？」

「助けてって言えばいい」

「それは脅されてる人でしょ。私、脅されてないから」

「じゃあ、なんでメシ食わないんだよ。香織、メシ食うの好きだろ」

「なに食べても一緒だから、食べるの面倒くさくなっただけ」

「ウソつけよ」

「ウソってさ！」

ついに妹はキレた。

「私が言えること何もないじゃん！　何言ってもムダじゃん！　わかった、わかった。ウソでいい。ウソつきでいいです。放っといてください。壮太は壮太の人生を生きてください」

取りつく島もなく、妹の部屋から追い出された。


想定していなかった会話の流れで、以前よりも距離ができてしまった。これでは何を作っても、どんなにおいしいものを作っても、妹の性格上「おいしい」とは言わない。

ただ、料理長になると決めた僕の覚悟は変わらない。「おいしくない」と妹が文句を言いながらも、気がつけば完食している。そんな料理を作ればいい。

妹からの賛辞が欲しくて料理長になろうと思ったわけじゃない。妹が腹いっぱい食べれば、それでいい。

本心でそう思うが、もう少しどうにかならないものか、というのも本心だ。喧嘩腰だし、口は悪いし、なにより将棋関係の用語にはうんざりしてしまう。将棋のことは特に好きでも嫌いでもなかったのに、聞くたびに嫌いになっていく。

今度から無視しよう。反抗期だとしても、すぐにあの態度になる理由がわからない。

ほんと、何なんだろうな。

昨日の妹の態度を思い出すとイライラが止まらなくなりそうなので、考えないようにして近所のスーパーへと向かった。

スーパー「二重丸」はチェーン店ではない。僕ら家族が暮らす、ここ文久町にしかない小さなスーパーだ。何度か母に連れられて行ったことはあるが、ひとりで行くのは初めてだ。ライブハウスや洋服屋と同様に、スーパーもある意味、高校生がひとりで行くには勇気がいる。

コンビニには抵抗なくフラッと入れるのに、スーパーだとどこか二の足を踏んでしまうのはなぜだろう？

そんなことを思いながらスーパー二重丸の前に立つ。

入り口の前に、さまざまな野菜が売られている。だいたい２００円いかないくらいの値段がついている。それが高いのか安いのかはわからない。

野菜の横には箱に入った大量の飲料水が置かれている。メジャーな飲料水はコンビニの冷蔵庫に並んでいるときよりも、なんだかふてくされているように見える。冷えてこそ自分だとでも思っているのだろう。

その隣に見たことも聞いたこともないような水が売られている。５００ミリリットルで38円。これが安いのはわかる。安いので、メジャーな飲料水より明らかに売れている。

これも不機嫌そうに見える理由のひとつだろうか？

ふと我に返った。スーパーに来たはいいが、何を作るのかまったく考えていなかった。そもそも料理などしたことがないのだ。そんな僕に果たして作れるものなどあるのだろうか……？

今さらながら不安になり、ほぼ涙を意味する汗があふれ出る。
ライブハウスの前でこんな状態になったら引き返していただろうが、そんな僕を迎え入れるかのように、開きっぱなしの入り口の向こうから軽快なメロディが聞こえてくる。
♪行こうよスーパー二重丸
耳ざわりのいいフレーズが僕を誘う。こんな小さな店なのに、オリジナル曲を持つこだわりや良し。

重かった足がやや軽くなり、僕は店内へ入っていく。

入ってすぐの左側には野菜たちが並ぶ。レタス、キャベツ、ネギなどの有名どころのほかにキノコも数種類。上の棚にはあまり知らない野菜たちがいる。だいたい100円から300円の間だ。半分に切ってその値段に収めている野菜もある。

右側にはフルーツの棚。高級感を出すためなのか、いっぱい仕入れても売れないからなのか、何かしらの理由で野菜の棚よりもパーソナルスペースが広い。

♪楽しいスーパー二重丸

その先をまっすぐ進むと、左側に豆腐や納豆、漬物などの日持ちしない大御所たちが並んでいる。派手さはないが堂々としていて、自分たちは決して食卓から姿を消すことはないだろうという自信を感じる。

右側はカレーのルーやケチャップなど赤茶色系が置いてある。その棚の前に色的にはどうにも場違いな、見たこともないあさり塩味のカップ麺が箱詰めで売られている。

ここ以外に使い道のなさそうなフォントで、「特売1個88円」と書かれている。ここまで勢いのある「88」という数字を、今後見ることはあるだろうか？　周囲との関係性はないし、若干邪魔だけど、特売だとどこに置いてもいいルールなのだろうか？

豆腐や納豆の先は、右側も左側もお肉。角にぶつかり、進行方向を90度変えても、やはり両側はお肉。どうやらお肉ロードに迷い込んだようだ。売り場に並んでいる肉をあまり見たことがなかったので、ついじっくり見入ってしまう。

豚肉はバラやロースなど部位ごとに売られており、同じロースでも生姜焼き用とかしゃぶしゃぶ用とかで切り方が違っていて、さまざまだ。値段は、100グラム120円から250円前後。120円のもので十分おいしそうだが、250円のものとどれくらい違うのだろう。

牛肉は、100グラムの値段がケタ違いなので、通り過ぎることとした。

お肉ロードの最後は、鶏肉のコーナーだ。鶏肉は100グラム100円を切るものもある。むね肉ともも肉は大きい。量で最終的な値段のバランスを取っているが、きっと鶏肉はお買い得だ。

鶏肉の横にはひき肉もあった。豚と牛のあいびき肉は、牛肉が入っているのに値段が高くない。なぜ混ぜてあるのかがわからず、とても気になる。

今までは、食卓に肉が出てきた時点で嬉しくて、値段を考えたことなんてなかった。ホットプレートで焼き肉をやるとき、野菜を一緒に焼いていたのは、値段を考えてのことだったのか。


お肉ロードを抜けると今度は魚ゾーンのお出ましだ。

スペースはそれほどないが、牛、豚、鶏の三本柱に頼り切りのお肉売り場に比べると、魚はアジ、サバ、サーモン、タイ、マグロなど種類が豊富で、切り身からお刺身、干物、丸々一匹とバラエティ豊かだ。寿司まで置いてある。寿司はいつ見てもいい。

魚ゾーンの先には、ヨーグルトやチーズなどの乳製品。日持ちしないけどポップな空気を醸し出す人気者たちだ。

そして最後にドリンク類と……店内の外周はこんな感じだ。

いっぽう内側には三列の棚があり、お菓子やら調味料やらカップ麺やらが並んでいる。

♪来たら楽しい二重丸
たしかに、楽しい。

お菓子の列になつかしいパッケージを見つけ、思わず声をあげそうになった。

ふりかけ
のり

ヤバッ！　あのクッキーとチョコのやつ、小学校の頃、めっちゃ食べた。え、え、え……生産中止になったんじゃなかったの？

ついつい手が伸びそうになったが、はたと止めた。

いやいや、何やってんだ。お菓子買いにきたんじゃないから。

ここは誘惑が多すぎると隣の列に移動する。


ふりかけの棚には二見食品の赤シソの「ことみ」があった。おにぎりにまぶすと、めちゃくちゃうまいんだ。冷えてもうまい。

なんだろうな、とにかくうまいんだよな。

母が作ってくれた弁当を思い出した。

そうそう、料理だよ、料理。さて、何を作るか？

「○○を買うだけですぐできる」と箱に書いてある中華料理の素が何種類かある。アレにするか？

でも、初めての料理がＣＭでおなじみのアレっていうのもなぁ。もうちょっと手の込んだ、料理！ってのを作りたい願望も多少はある。

いや、多少どころじゃない。強くあるし、俺はやれる！


「あんたはやるよ」

後ろからふいに声をかけられて振り向くと、二重丸のエプロンをつけた母と同じくらいの年齢の女性が立っていた。

細く切れ長の目には、なぜか怒りの色が浮かんでいる。

「男子高校生がひとりきり……スーパーにいる空気感じゃないね。あんたやる気だね」

有無を言わせず腕をつかまれ、奥の事務所に連れていかれた。どうやら万引き犯だと誤解されているようだ。

「盗ったものを出しなさい」

何も盗ってないし、バッグすら持っていないので、出すものがない。両手を上げて無実をアピールしながら、正直にそう伝える。

「何を盗ろうとしてた？　盗ろうと思った時点で万引きだから」

あ、ヤバい人だ……。

てことは、こちらとしても相当マズい。この時点で誤解が解けないなら、もはや誤解の解きようがない。盗ろうとした時点ではまだ万引きではないと思うが、この人にそんな理屈は通じそうにないし、このままなし崩しで万引き犯に仕立て上げられそうだ。

「私、20年パートしてきたから、わかるんだ」

目が据わっている。怖い。


気がつくと、妹にご飯を食べさせたくてスーパーに来たけれど、料理をしたことがないので何を買えばいいのかわからなくなっていた、と弁明のように話していた。

「ふーん」と切れ長目の店員さんは僕の顔を覗き込む。

「嘘をついてる目じゃないね。料理はまったくしたことないの？」

「まったくありません」

「家にみりんはある？」

みりん……母が使っていればあるだろうが、どうだろう？　料理好きだったから一通りのものは揃っているはずだが、好きがゆえにみりんではない、もっと特殊な調味料を使っている可能性もある。

答えに窮している僕を見て、「本当に料理初心者だ」と切れ長目の店員さんは納得した。

「だったらステーキだね」

ステーキ……？　万引きの疑いをかけて、高い商品を売りつける気か。こんなことが日常のど真ん中、スーパーで行われていいのか？　お金を払えなかったら、どうなるんだ……？

「うちの店の肉はすごいから。予約がとれない焼き肉店と同じところから仕入れてるから。あ、これは内緒だよ」

勝手に秘密を持たされた。信用できない人との秘密はいつ爆発するかわからない。背中にじんわりと変な汗がにじんでくる。

この気持ち、知ってる。

中学時代、塾帰りに高校生にカツアゲされそうになったことがあった。

殴られたくない。でも、どうしてもお金は渡したくない。戦うという発想もない。思考停止して、ただ目の前の高校生を見ていた、あのときと同じだ。

何も答えず、怯えるでも反抗的な態度をとるわけでもない僕に飽きたのか、結局は何もされずに解放された。

その途端、ものすごいスピードで全細胞が動きだした。無我夢中で家に駆け戻り、母の「おかえり」の声で我に返った。

どう見ても普通ではない顔つきの僕を見ても母は何も言わなかったが、その夜はいつもより大きい「ことみ」のおにぎりと温かいみそ汁を夜食に出してくれた——。

今日、この危機を乗り越えても「ことみ」のおにぎりも温かいみそ汁も出てこない。それどころか「おかえり」の声を聞くこともできない。


「これにしときな」

いつの間に事務所を出て、いつの間に戻ってきたのだろう。切れ長目の店員さんは両手に持ったステーキ用の牛肉のパック2つを僕に差し出す。

「焼いてソースをかけるだけでいいから」

そう言って、僕の横にあったテーブルに肉のパックを置く。

僕はチラッと値段を確認する。100グラム500円。200グラムで1000円。それが2つで2000円。払えないことはないが、高い。

ただ、おいしそうではある。焼いてソースをかけるだけでいいというのは、料理初心者にとってはかなり魅力的だ。

この状況ですすめられたものを買うというのが嫌なだけで、自分で見つけていたら買ってもいいかもと思えるステーキ肉ではある。

「持っていっていいよ」

え……？

切れ長目の店員さんがビニール袋にステーキ肉のパックを詰めようとしたので、僕は慌ててそれを止めた。タダより高いものはないという言葉の意味を、今はっきりと理解した。

これはもらっていいものじゃない。

「そう？　いいのに。じゃあ、これはせめても」

切れ長目の店員さんは事務机の引き出しを開けると半額シールを取り出し、それをステーキ肉のパックに貼った。

「妹ちゃんに食べさせてあげてね」

切れ長目の角度がわずかに下がる。半額シールも断りたかったが、これまで断るとまた怖い部分が出てきそうだったので、ペコリと頭を下げ、肉のパックを手に事務所を出た。

会計を済ませて、軽快なメロディに背中を押されるようにスーパーをあとにした。


店に入ったとき、外はまだ明るかったが、いつの間にか日は傾いている。いつもよりきれいに見える夕陽が道行く人々を茜色に照らしている。

歩きだそうとしてステーキソースを買い忘れたことに気がついた。店の前にいるが、ふたたび店内に戻る気にはなれない。今日はもう、あの切れ長目の店員さんに会いたくない。

仕方がないので、少し歩くが全国チェーンのスーパー「誠実屋」に行くことにした。

誠実屋は久々だ。今年の初詣に、家族全員で文久神社に行った帰りに寄って以来か。

あのとき願った思いは叶わなかった。父と母は、「年々手を合わせる時間が長くなってほかの人の迷惑になるね」と笑って話していた。そういうものかと聞きながら、家族と一緒に初詣なんて同級生に見られたくないなとか、そんなことばかり考えていた。

香織は何をしていたかな?

あの日と同じ道を通りたくなかったので、少し遠回りをしようとしたら野良猫がこっちをずっと見ていた。触りたかったけど、ステーキ肉を持っていたのであきらめる。

「まぁいろいろあるよね」

猫は大きなあくびをしながら、そんな目つきでまだこっちを見ている。

町一番の銭湯、八福湯の前を通り過ぎ、ひたすら歩く。


誠実屋は4階建てのビルの1階と2階が店舗で、3階はピアノ教室、4階は病院になっている。ビルの屋上には「誠」の看板。ロゴがなんか新選組っぽい。うちの食材は新鮮ですとのアピールか。

チェーン店のせいか、二重丸より入りやすい。店内のBGMはJポップだった。

「ただいまより、生鮮売り場でタイムセールを行います!」

曲の流れを一切無視して、店内放送が入るのが少し気になる。キリのいいところまで待てばいいのに。

1階はお酒や飲料水に、街のパン屋さんみたいな小ジャレたパンコーナー。すべてにおいて何かと種類が多い。

2階に上がると野菜たちが出迎えてくれる。入り口付近には野菜というのがスーパーの決まりごとなのだろう。野菜たちも二重丸のような泥臭さがなく、どこかツンと澄まして小ぎれいだ。

店内には棚が4列。店舗面積も広く、棚の列が長いので品ぞろえは二重丸の倍以上だろう。

ふりかけコーナーには二島食品の「ことみ」に加え、和風ハーブの「ともか」に、鰹節をメインにした「たけべ」もある。

さらに「ことみ」にそっくりなシソのふりかけが何種類かあるのに驚く。「ことみ」という唯一無二の存在があるのに、よく出せたなと感心してしまう。

カップ麺の列にはコンビニで見かける商品がズラリ。知らないメーカーの知らないカップ麺は置いていない。

ソースの棚にはCMで見るようなメジャーなタレが1種類につき3列でビッシリと並んでいる。棚の上のほうには、見た目は地味だが本物のオーラを醸し出す商品が置かれている。メジャーなタレより量は少ないのに値段は高い。

上の棚に知っているタレがあったので、それを手にとる。

500円……高っ！

まぁステーキ肉が安く買えたから、奮発するか。

会計時にスーパー二重丸の袋を店員さんにチラと見られて、スーパーのはしごはタブーなのかと一瞬焦ったが、特に何も言われなかった。

すべての買い物を終え、安堵して店を出ると辺りはすっかり暗くなっていた。早くしないと妹が塾から帰ってきてしまう。僕は家路を急いだ。


米を炊いたことはある。しかし、2人だとどれくらい炊けばいいのかがわからない。「合」という単位にまず戸惑う。ステーキだと普段よりご飯を食べることが予想されるし、面倒くさいから炊飯器の限界である5合を炊いた。余ればおにぎりにすればいい。

さて、いよいよステーキだ。

切れ長目の店員さんは焼くだけと言っていたが、念のためスマホで検索してみる。

「おおっ」

すぐにスマホ画面はうまそうなステーキの写真で埋め尽くされる。とんでもない数だ。レシピを載せる人はライバルの数を確認しないのか？　いくらおいしいステーキの焼き方を考案しても、このレシピの山から発掘されるのは至難の業だ。

安易だが一番上にあった超有名なクッキングサイトをクリックしてページを開く。

レシピを見ると、焼く前にステーキを常温に戻すと書いてある。急いで冷蔵庫からステーキ肉を取り出す。

常温になるのに何分かかるんだ？　常温で焼かないとマズくなるのか？　一気に不安になるが、常温にする方法は待つしかない。一瞬、ドライヤーで温めれば、という考えが頭の隅をよぎったが、危険な賭けはすまいとひたすら待つ。

待っている間にレシピを読み進めると、さらに不安をかき立てられる。

塩コショウを適量……。

適量ってどのくらい？　考えても適量のイメージがまるでつかめない。あきらめて他のサイトに飛ぶ。

しかし、どのレシピを見ても「塩コショウは適量」と書かれている。適量がわからないから先輩方の意見をうかがっているのに、「適量は適量だよ」とパイセンたちから冷たく突き放される。

焼けばいいと聞いたからステーキにしたのに、塩コショウでつまずくなんて……。

これはあれだ、サッカーでいうオフサイドだな。

サッカーに詳しくない人は皆、オフサイドがわからないとそこでつまずいてしまう。オフサイドなんて別にむずかしいルールではないし、それさえ覚えてしまえばものすごくシンプルなスポーツなのに、なぜか皆「オフサイドがなぁ」と首を横に振る。

なるほど……こういう気持ちだったのか。

塩コショウ適量の壁を前に途方に暮れながら、僕はオフサイドの壁ですごすごと引き返すサッカー素人たちに思いを馳せる。

肉が常温に戻るのを待つのと、塩コショウ適量問題を先送りにするために、まったく汚れていないフライパンを洗う。汚れがないので水をかけているだけだが、心なしか気持ちがすっきりする。

ラップ越しにステーキ肉を触るとまだ少しひんやりとしていたが、まぁ常温の範囲内だろうとラップを破る。

まな板の上にステーキ肉を置く。赤身で分厚い。頼もしい。

よし……。

覚悟を決めて塩を指でつまんだ。パラパラと肉全体に振りかける。まんべんなく振りかけたつもりだったが、塩を一粒一粒置いたような見た目になり、一粒に結構な広範囲を担当してもらう。文久町の郵便ポストの担当範囲と同じくらいのイメージだ。

本当はもっと振りかけたいが、塩分の取りすぎは体によくないという、どこかで聞いた知識が邪魔をする。塩振り

たさと知識とのせめぎ合いを乗り越えて、自分なりの適量で塩コショウを振り終えると、ドッと疲れた。

精神的にこんなにも疲労しているのにまだ肉を焼く段階にも至っていないという現実が、さらに僕を疲れさせる。

しかし、ここでやめるわけにはいかない。

全国に料理をする人が何人いるのかは知らないが、皆この疲れを感じているのだと先人の苦労に自分を奮い立たせ、フライパンをガスコンロに置く。

コンロの下の扉を開けて油を探す。暗がりのなか、奥のほうに鍋がどんと構え、手前にはさまざまな調味料の瓶が並んでいる。しばらく使っていなかったからか、中の液体はなんだかどんよりして見える。

油は一番手前にあったので、すぐに見つかった。

油の隣にみりんがあった。半分に減っているのを見て、母もみりんを活用していたのだなと知る。料理長となった僕にも、いつかみりんを使う日が来るだろう。

フライパンに油をひき、ガスコンロのスイッチを押すと、カチカチという音とともに火花が散り、青い炎が円形に広がっていく。

揺れる炎の様子を見ていると、何かが始まる予感がして嬉しくなる。ただ、きれいな円になったわけではなく、一か所だけ火がつくのが遅かった。そこだけガスの出が悪かったのだろうが、約束の時間に全員が揃わず、ひとりだけ遅刻してきたような感じがして、少し気分が悪くなる。

明日、その部分の掃除をしよう。何かを始めるとやることが増えていく。

フライパンが徐々に温まってくると、拭き忘れた水滴がやたらと活気のいい音を立てる。

いよいよ、そのときがきた。いざ、肉を投入!

フライパンに勢いよく肉を落とした途端、バチバチバチッと油が爆《は》ぜた。それが右腕に飛び、その非常識な熱さに「うっ」と声が出る。非常識な熱さはものすごいスピードで、赤い牛肉を下からステーキへと変えていく。

そろそろ頃合いか。

じんじんと痛みが残る右手で菜箸をとり、肉をひっくり返そうとするが、なかなかうまくいかなくて、焦る。非常識な熱さはどんどん肉に熱を入れ、ミディアムレアから次の段階へ移行しようとしている。

テコの原理が必要なのか……？　しかし、フライ返しがキッチンのどこにあるのか、その場所がわからない。肉の分厚さを恨みつつ、両手に菜箸を持ち、右手でひっくり返しながら、左手でフォローする。苦戦したが、どうにか肉は裏返った。

そのとき、玄関でドアの開く音がした。どうやら妹が帰宅したようだ。足音に注意していると、リビングに来ることなく、そのまま自分の部屋へと入っていく。

「ただいまはどうした？」と言いたくもなるが、今はやめておく。せっかくのステーキを食べさせる前に、ヘソを曲げられたらかなわない。僕は粛々とステーキを焼き続ける。

♪ピロローン
ご飯も炊けた。準備万端だ。

さあ、夕飯を始めよう。


「香織、ちょっと来い」

妹はだるそうに部屋を出て、キッチンへとやってきた。

漂う匂いで何かに勘づいたのか喧嘩腰でにらんでくる。

気にせず、ダイニングテーブルについた妹の前にステーキを載せた皿を置く。

初めての料理にして、会心の一品。

「まずは食べてから」

さすがの妹も笑顔になるだろうと思ったが、顔色ひとつ変えやがらない。

「何これ？」

ステーキのインパクトで言葉が届いていない。またしても即興で会話するハメになる。

「見たらわかるだろ。１００グラム５００円のステーキだよ」

「ステーキなのはわかるけど」

「１００グラム５００円」と僕は繰り返す。大事なことだから二度言いました。

「正直、タレは500円超えてるからね。さあ、食えよ」

「はあ⁉」と妹がにらみつけてくる。

「こういうのホント迷惑なんだけど」

「別にアレだよ。食わないで倒れられたりしたら面倒くさいし」

「倒れても面倒みなくていいから、絡まないで」

「え？　え？　絡むってなんだ？」

兄妹の関係性を「絡む」という雑な一言で表現されて、ムッとなる。

「面倒くさいんだろ。私も壮太と話すの面倒くさいから」

「あ？　なんなんだよ」

「私が何を食べようが、食べなかろうが、自由じゃん。壮太は壮太のことをしろよ。家のために部活やめるとか、そっちのほうが面倒くさい」

「部活やめたのは……別に」

「あのさ私、味覚いいからさ。お母さんが作った料理以外は何を食べても一緒なの。お母さんの料理食べられないなら、なんでもいいの。壮太と違って、味覚いいからさ。味覚よくないんだから、料理作るなよ」

「なんだ味覚って？　味覚いいってなんだよ。俺だって、お母さんの料理おいしく食べてただろ」

「はぁ〜、そのレベルならいいって」

ステーキを出してもこの態度なら仕方ない。


キッチンに戻ってご飯を3杯よそい、それぞれに「ことみ」「ことみモドキ1」「ことみモドキ2」をふりかけ、それを妹の前に出した。

「え？　茶碗3杯？　え？」

なんの前触れもなく登場した白飯3杯。キョトンとする妹に勝負を持ちかける。

「全部に赤シソのふりかけ、かかってるだろ。一つだけが二島食品の『ことみ』。当ててみろよ。好きだろ。当てられたら何も言わないよ。味覚いいんだろ。当てろよ。味覚いいなら、当てられるだろ」

「ふーん。正解は一つだけ……。わかった。やってやるよ。いただきます」

「いただきます」というどこの日常にも転がっている当たり前の言葉が、やけに新鮮に響き、「おお」と思わず笑みがこぼれた。今日一日の苦労が溶けていくのがわかる。

「いただきます」――素敵な言葉だ。

すかさず妹が付け加える。

「壮太にじゃなくて、ご飯にね」

「いや、別に……あ、肉も食えよ」

「あのさ、私のステーキと替える？」

この期に及んで、何言ってるんだ……？

焦らさないで食べろよ。食べてくれよ。

正直、妹の体が心配ってより、今は自分が初めて作った料理を食べてほしいって思いのほうが強くなってるんだ。だから早く食べてくれ！

必死の目の訴えが届いたのか、「はぁ～」とひとつ息をつくと、妹はフォークとナイフを手にとった。しかし、ふたたびその手を止める。

「サラダはないの？」

「サラダ？　ないよ。今日はそういうカサマシしてない。ドンと肉だけ」

「サラダのことカサマシだと思ってるなら、料理やるなよ」

「え？　サラダって野菜だろ。野菜はカサマシだろ。いいから食べろよ。ほら」

本当に面倒くさい。「ことみ」を当てる自信がないからイチャモンをつけてきてるんだろうけど、そこじゃないんだよ。もう食べろよ。

「はぁ～、見られてたら食べづらいからさ」

「俺も食うよ。いただきます」

うまっ！　何これ、この肉なんなの……超うまいんですけど。しかも、タレ絶妙！

「あ〜、うま。肉、うま。この５００円超えてるタレうまいな。なあ？　うまいよな」

「これさ、焼き肉用のやつじゃない？」

いつの間にか妹もステーキを食べてる！　しかし、「おいしい」すら言わずにまたイチャモン。

「いやいや、５００円超えてるから」

「ステーキ用じゃないと思うけどな」

「有名な段々苑のタレだよ」

「段々苑って焼き肉屋じゃん」

そうだけど、ステーキ用と焼き肉用って違うの？　同じ棚で売ってたけどな。ゴマが入ってるから？　ちょっと辛い？

「でもうまいじゃん」

「まあ、うん。うまいけど」

「この肉さ、スーパー二重丸で買ったんだよ」

「あそこ、お肉に力入れてるよね」

なんで知ってるんだよ!?　今日発見したことをすでに知られている悔しさ考えろよ。

「お母さんが言ってた」

そっか、母なら知ってるか。

母もあの切れ長目の店員さんと話したのかな？

「たしかに肉のところ、意外と広かったかも」

「うん、意外と広いよね」

これ以上スーパー二重丸の話をすると、万引きに疑われたことを口走りそうだったので話題を変える。

「でさ、店の裏に猫寝てるんだけどさ、あれ野良猫かな？　全然警戒心ないんだよ」

「茶色い猫?」

「そうそう。触れそうだったけどさ、お肉とか持ってたしさ。自慢してる感じになったらアレだから、触らなかったけど」

「自慢?」

「猫からしたらさ、肉食べられていいなとか、自分だけいいもん食べやがってとかさ、そう思うかなと思って」

「まぁ、うーん……そう思うのかな」

「野良猫だったらさ、毎日必ず食べられるって決まってないしさ」

「あ~野良猫はそうか。でもあの猫は、角のおばあちゃんのところの猫だったと思う」

「そうなんだ」

「クラスの猫好きな男の子が言ってた」

「そんなヤツいるの?」

「聞いてもいないのに、家の近くの猫情報を教えてくれるの」

「いいなぁ」

文久町の猫情報、すげえ知りたい!

「で、ソースはさ、誠実屋で買ったんだけどさ」

「あっちまで行ったの?」

「そうそう。せっかくだからさ。誠実屋は2階もあって、すごかった」

「あっちは見るからに広いもんね」

「今度、誠実屋の近くに猫いるか聞いておいてよ」

「え? なんで?」

「なんでって、猫いるなら見たいだろ」

「え? まあ聞いてみるけど」

夕飯を食べながら、こんなふうに妹とどうでもいい会話をするのは久々で……。

スーパーの広さがどうとか猫を見かけたとか、こういう話が家族の食卓には合うのだと知る。

一つ新しいことを始めると、知ることも増える。


それにしてもうまい！

みるみるうちに茶碗から米が消えた。

「ご飯、おかわりするか？」

「しないよ。3杯もあるし」

「全部少なめにしたけどね。あ、ことみはどっちにも売ってた」

「まぁ、ことみはだいたい置いてあるね。私、おかわりしないから、おかわりしなよ」

「マジで？　炊くと時間かかるよ。ホントにいいの？」

「いいよ。食べなよ」

「何杯でもご飯食べられるな」

「そんなに食べたら太るよ。部活やめたんだし」

「いや、今日は特別だ」

席を立ち、キッチンでおかわりを大盛でよそって、戻る。

「うまい。本当にうまいな」

「食べるたびに、いちいちうまいってさ」

「わかってるんだけど、食べるとつい。どうにもならないな。うまい」

「うまいけど」

「うまいな」

「そのさ、うまい以外の感想ないの？　どうおいしいとかお肉の甘みとかさ。タレはフルーツが効いてるとかさ。おいしいなら、もう少し味わえば」

たしかに、味わうという行為ではなかった。

味わう以前にうまさが広がり、耐えきれるうまさの限界を超えてしまうので慌ててご飯を口に運ぶが、ステーキとタレとご飯の相性がよすぎて、うまい以外の言葉が発せられなくなる。

うまいはある意味、幸せな悲鳴だ。

「おお、ちょっと待ってな」

味わってみる。

「おお……おお……おお……うまいな」

「はぁ～」

タレの瓶の原材料名を確認すると、たしかにリンゴと書いてある。リンゴはご飯に合わないのに、なんで入れようと思ったんだろう。

「フルーツが入ってるのがわかるって、香織すごいな」

「すごくないでしょ。食べたら、わかるじゃん」

「うまいってなったら、それ以上はな。うまいで止まるからな。うまいの先を知りたいし、料理やろうかな」

「あのさ」

「料理やったらさ、うまいの先もわかるかもしれないじゃん。一緒に作ってやるよ」

「そうじゃなくて……」

妹は口をもごもごさせてから、言った。

「部活やめて料理するとか、意味わかんないから」

「部活は別に……別に」

今度はこっちが口をもごもごさせる番だ。

部活をやめたのと料理をしようと思ったのは、まったく関係ない。

関係はないが、その理由は絶対に言わない。

「ことみは……真ん中のお母さんが使ってた茶碗」

妹が唐突にそう言った。勝負のことなどすっかり忘れていた。

「正解。香織、すごいな。よくわかったな。すごいな。それが味覚か」

「ことみだけ、相手のことを考えてる味だからね」

ドヤ顔で言われても意味がわからない。味に相手を考えるも何もないと思うのだが……。

「当てたんだから、私のことは気にしないで。ごちそうさま」

「ごちそうさま……」

食べ終わったら誰もが即座に口にするこの言葉が、料理の作り手に回った途端、こんなにも嬉しい言葉になるのか……。

「あ……いや、わかってるよ。俺に言ってないのは」

「え？　今のは食材にも、お兄ちゃんにもだよ。おいしかった。ごちそうさま」

「そう？　そうか？　ああ……初めて言われたから、なんて返せばいいか……えっと」

「別に何も言わなくていいよ。もう私にかまわないで」

「そうは言ったけどさ」

「なに？　そういう話だったじゃん」

「いや、あのさ。俺、今わかったんだけどさ」

席を立とうと腰を浮かせる妹を引き留めるように話しだす。

「香織がさ、ごちそうさまって言うと、お母さんいつも一瞬にっこりするんだよ。今さ、それ見るのが好きだったって気づいた。見てたときは何も思わなかったけど、好きだったんだな、俺」

妹はイスに座り直す。

「お母さん、にっこりしてたかな？」

「してたよ」

「壮太さ、私、お母さんに迷惑ばっかかけてたし」

当たり前の存在が当たり前でなくなったときに湧きあがるのは後悔の念だ。後ろを向き、当たり前だった存在を振り返りながら、なんでもっと、なんでもっと――と。

でも、後ろを向いていても前を向いていても容赦なく時は進む。そして生活も続く。

「今まで通りの生活しないとさ」

「今まで通りってさ……はあ」

ため息をつく妹に、言った。

「お金さ、脅されてるわけじゃないにしても、何か買いたいから必要なんだろ？　お兄ちゃんがお父さんに言ってやるしさ」

「お金はさ……」

妹は席を立つと、部屋に戻った。すぐに引き返してきて、「はい、これ」と一枚のカードを差し出す。

「ギフトカード？　なんで？」

「壮太、来週誕生日でしょ」

「え？」

そういえばそうだ。17歳の誕生日。セブンティーン。

「誕生日会をやる感じでもないし、何か欲しそうな感じもないし」

「まあ、誕生日を気にする年でもないし。もう高2だしな」

「壮太が気にしないとしても、お祝いくらいはさせてほしい。おめでとう」

ちょっと照れながらギフトカードを受けとる。

「ありがとう。そういうことだったら言ってくれたらよかったのに。なんで言わないんだよ。言えよ」

「言えよって……はあ～」

またも大きなため息をついて、「言うけど」と妹は口を開いた。

「あのね、私、お父さんとか壮太の重荷になりたくないの。家族で私だけ足を引っ張ってるのが嫌なの。部活やめられたりするの、本当に嫌なの」

「部活やめたのは、香織のせいじゃないよ。本当に関係ない」

だが「やめる理由ないじゃん」と妹は譲らない。

「一年生から試合出てるのにさ……」

妹の声が湿りけを帯びはじめているのに気づき、これはもう話さなきゃダメだなと覚悟を決めた。ちっぽけな兄のプライドなど、妹の涙の前には無力だ。

「いや、やめた理由はさ……」


話し終わると、妹はなぜかムキになっていた。

「そんなの青春違反じゃん！」

その言葉の意味はよくわからない。

話の内容はともかく、久々に妹とじっくり話をした。

話をしないと、どれが誤解でどれが正しいのかもわからない。

話すためには食べたほうがいい。

話をメインにすると話せないことがある。

話すために、食べる。食べるために、作る。

あらためて料理長になろうと思った。

常温、適量が上等の料理長。

ガスコンロの火に遅刻をさせない料理長。

みりんを扱う料理長。

「いただきます」と「うまい」と「ごちそうさま」に囲まれる料理長――。

話をしているうちに、妹が料理をやりなよと言ってきた。

ギフトカードで料理器具を買おうよとスマホを取りだし、画面に向かってすごいスピードで人差し指を振りながら、エプロンを選びはじめる。

青が似合うか？　赤が似合うか？　ポケットはあったほうがいいか？　ブツブツつぶやきながら、必死に選んでくれている。


「ただいま」

父が帰ってきた。食卓を囲む息子と娘の姿に目を丸くする。

「自炊？　自炊するのはいいけど、まあ無理だけはするなよ」

「無理はしてないよ」

「自炊は勝手にやっていいけど、油とか気をつけろよ。火事になったら大変だからな！　火事になったら大声で周りに知らせろよ。恥ずかしがるなよ！　そこは恥ずかしがるところじゃないからな。恥ずかしがるなよ。どんなときも恥ずかしいと思ったときほど、やってみろ！」

何を言われているのかまったくわからないが、妹と顔を見合わせて笑った。

いつ以来だろう。


誕生日に薄い赤のエプロンが届いた。

母が好きな紫陽花《あじさい》のような色で、とても気に入っている。

第②話

青春違反はふりかけで覆い隠して
～妹・香織の場合～

「人間はいつか絶対に死ぬし」

自分が吐いた言葉を思い出してため息をつく。

ため息をつくと幸せが逃げるなら、逃げたその幸せはどこかの誰かのもとに行くのかな。

誰かが幸せになるならいいかと、さらに数回ため息をつく。

ただ、自発的にするため息はむなしくて、ムダに天井を見上げるばかりだ。

今やるべきことはわかっているのに、それができない。

「中世」の愛称でおなじみの棋士の先生は、勝負に負けても自分には負けたくない、と仰っていたし、「島P」の愛称でおなじみの棋士の先生は、研究中に鏡を前に置き、自分を律していると聞いたことがある。

あの人たちは、目の前の相手と戦うとともに、自分とも闘っているのだ。

自分と闘い続けた者だけが、凛とした空気を纏《まと》えるのだろう。

その空気感が好きなのに、原因もわかっているのに、私は自分に負ける。


惰性でスマホをタップして「ウォーズ将棋」を開く。

もうすぐ初段だ。初段になれば、自分に少しは負けなくなるかなと、願掛けと現実逃避込みで、対局開始のタップをする。

軽快な音楽を聴きながら、対戦相手を待つ。

プロ棋士の先生たちの間ではやっている相掛かりってのを、やりたいな。角換わり腰掛け銀かな。受けつぶすのをやってみようかな？　細かい攻めをつなげるってのも、やってみたい。今日こそは、手渡しもしてみたい。

この時間は、数分後を無限に想像できるので、どんなときでも僥倖だ。

まぁ、対局が始まれば、見よう見まねの四間飛車を指すのだけど。

キラーンの音ともに、対局相手が決まった。

お相手は、10級で20連勝中の方。30級から始まるウォーズ将棋で、20連勝で10級。

つまり、一度も負けていない。勝った負けたを繰り返しての10級ではなく、一勝につき一級ずつ確実にのし上がっている。俗にいう脅威の級位者というヤツだ。

ウォーズ将棋には、自分で指さず、コンピューターが代わりに指す「棋爺」という機能がある。この機能を使うと、無敵。

購入しなくてもたまに使う権利をもらえるが、購入したら、ずっと無敵。

金に物を言わせて、最初から最後まで棋爺を投入する人たちがいる。そういう類いが相手だった場合、勝てるわけがなく、圧倒的に負ける。

敗着は金。

金に負けるのは、大人だけだと思っていた。

そういう相手じゃないことを祈るが、嫌な予感しかしない。

この予感のレベルは、「藤川五冠の初手は飛車先の歩を突く気がする」くらいの予感だ。もしくは、「藤川五冠の初手はお茶」くらいの予感だ。

つまり、的中する予感。

対局が始まると、一手2秒で指してくる。こちらが1秒で指しても、2秒。1分考えても、2秒。

相手は人間ではない。みるみるうちに形勢が悪くなり、投了ボタンを押す。

一体、私は何に負けたんだろう。


スマホを壁に投げつけたいのを我慢する、という行為を全力でしていると、ノックの音が聞こえて、次の瞬間、壮太が部屋に入ってきた。

ノックの意味は？　こちらの了承を待たないノックは、ただ、ドアを叩いただけだろ。

何か用があるのだろうが、今はダメだ。ウォーズ将棋でこの負け方をした直後は、誰にも話しかけられたくない。

わかってほしくて、顔を背ける。

壮太はこちらの雰囲気を察することなく、「なぜメシを食わないのか?」ときた。

話の始まりが、問い詰め。これをされて平常心を保てる人はいない。

反射的に机を叩き、「壮太には関係ないじゃん！」と声を荒らげてしまう。

「香織、壮太って呼ぶな。お兄ちゃんって呼べ」

「呼び方なんてなんだっていいだろ。話しかけるなよ」

「家族なんだから話しかけたっていいだろ。なんだよ、その口のきき方は。反抗期にもほどがあるぞ」

「うるせーな」

「反抗期に言った言葉は反抗期過ぎても消えないよ。それでつらくなるのは香織自身だからな」

「あのさ、私、人として言ったらいけないこと言ってないよね？　言ってないよね？」

もうわかってる。わかってるのに、止まらない言葉。

「言ってはいけないことは言ってないけど……」

「だろ？　思ってても言ってないんだから、ウダウダ言う前に私のモラルに感謝しろ！」


もう終わりにしよう？

よくわからないことを言ったんだから、相手があきれたら終わりじゃん。

今は話す気がないのわかるでしょ。もう終わりにして？

「モラルに感謝ってなんだよ」

「私のモラルに感謝して、壮太には関係ないって意見を受け入れろ」

「はぁ～」とわざとらしいくらいにわかりやすいため息をつき、ここからが本番です、のアピールをしてくる。

「あんなにご飯が好きな妹がメシを食わないんだぞ。お兄ちゃんなんだから、関係あるだろ。なんでメシを食わないんだよ」

「先に生まれただけで出しゃばるなよ」

「出しゃばるって……」

完全に言いすぎているのはわかっている。冷静にならないと。

こういうときは、棋士の先生を思い出すしかない。あの人たちは、どんな局面でも冷静だ。

「あのな、私に何か言っていいのは藤川壮太五冠だけ。壮太は壮太でも大違いだな」

「香織……」

壮太と話していたのに、一瞬、藤川五冠に何を言われるのか想像してしまう。

藤川五冠になら、何を言われてもいい。いや、ほかの方にも何を言われてもいい。

「あ、ごめん。藤川壮太五冠だけじゃない。丸太会長にはぶん回されたいし、阿武先生からは年賀状もらいたいし、長瀬先生には正月って概念壊してほしいし、川ちゃんには自虐を言ってほしいし、昭先生には一刀両断されたいし、壮太五冠だけっていうのは言いすぎだった。訂正する。ごめん」

壮太に直接謝ったわけではないが、ごめんという言葉を口にしたのだから、これで終わりたい。

まだ粘る？

「いや、何を謝られたかわかんないけどさ、メシを食わない理由を言えよ。なんで食わないんだよ」

真実を明らかにするのが絶対に正しいのなら、人間はウソをつくことをとっくの昔にやめているのではないか？

進化とはそういうものではないのか？

「はぁ～。食べてるから」

「お父さんからメシ代もらってるんだからさ、しっかり食べないと」

「無理攻めウザい。はぁ～、部屋でひとりで食べてるから」

「食べてないだろ。全然ゴミ出てないじゃん。米だって減ってないし」

「人のゴミを見るなよ。気持ち悪いなぁ」

「ゴミを見てないから言ってるんだろ。見てたら言わないよ」

「そういうことじゃなくて」

「あれか。食わないんじゃなくて食えないのか。あ～失恋か。失恋は切り替えろ、切り替えろ！　心は痛いけど、切り替えろ」

なぜ高ぶる？　なぜ私が失恋したと思う？

妹という関係性に囚われて、ちゃんと私を見られてないんじゃない？

恋愛には興味ないけど、学校でのポジションはいい位置だ。

興味ないことが功を奏して、女子には嫌われず、男子からは一目置かれる位置にいる。

この位置が心地いいから、恋愛をする気がないとも言える。

「3年生があんたのことかわいいって言ってるらしいよ」とエリコに言われたこともあるし、自分で言うのは嫌だけど、たぶんモテるのだと思う。

「たかぶりすぎじゃない？　失恋なんてしてねぇよ」

「じゃあ、なんだ。ダイエットか？　ダイエットするなら運動だぞ。代謝を上げて、筋肉つけて。そもそも中2でダイエット――」

「してないし！　そもそも太ってないから」

「じゃあ、あれか？　食費を使わないってことは……そうか、金か！」

「え？」

「金が必要なんだな？」

「……別に」

核心を突かれて言葉に詰まる。壮太はたまに勘が鋭い。

「わかった。警察行こう」

「なんで⁉」

核心を突いたはずなのに、次の瞬間、見当違いなことを言ってくるのも壮太っぽい。

「脅されてるんだろ？　もう大丈夫だ！　お兄ちゃんがちゃんとやる」

「脅されてねーよ」

「わかるよ！　脅されてないって言うしかないよな。わかるから」

「わかるなよ。脅されてねーから」

「なかなか言えないよな。お兄ちゃんがなんとかするから。何も言うな」

「待って待って。脅されてない人はなんて言えばいいの？」

「助けてって言えばいい」

「それは脅されてる人でしょ。私、脅されてないから」

「じゃあ、なんでメシ食わないんだよ。香織、メシ食うの好きだろ」

「なに食べても一緒だから、食べるの面倒くさくなっただけ」

「ウソつけよ」

「ウソってさ！」

冷静ではなかったが、しっかり話をしたつもりだ。

なのに結局、妹という立場は弱く、困っているに違いないという先入観を壊すことはできなかった。

どんなに真剣に話しても、壮太には通じない。

どうでもよくなった。

「私が言えること何もないじゃん！　何言ってもムダじゃん！　わかった、わかった。ウソでいい。ウソつきでいいです。放っといてください。壮太は壮太の人生を生きてください」

壮太を部屋から追い出し、ベッドに横たわる。

私はいつまで、心配されないといけないのだろうか？


「人間はいつか絶対に死ぬし」

そのひと言が決定打となり、この家のバランスは崩れた。

それなのに、お父さんと壮太はそのことに触れず、私が今まで通りに過ごせるよう配慮する。

壮太は部活をやめ、お父さんは早起きになり、家のことに時間を使いはじめた。

そもそも私が原因だし、私も家族の一員なのだから、新たなバランスをつくるために何かしたいのに、私には「今まで通り」を押しつけてくる。

妹という立場だと、何かしたいとも思ってはいけないのか？

いままでだったら、どんなにイライラしても、どんなに悲しくても、お母さんの料理を食べれば、ある程度解消され、感情と向き合う余裕が生まれたのに、今は違う。

バランスはとれず、バラバラになっていく心を見つめるだけだ。


ただ見つめているのも面倒くさくなり、ウォーズ将棋を開く。

今度のお相手は、二段の方。格上だ。

勝てるとは思わないが、しっかり勉強させてもらおう。集中して、全力を尽くそう。

お相手は、飛車先を伸ばしてきた。居飛車か。対抗系は楽しい。

こちらは、角道を開ける。さらに、飛車先を伸ばしてきたので、角を上がり対応。

ん？　飛車が浮いた。ん？　ああ、そう？

こちらからは、どうすることもできずに、アヒル囲いを組まれた。

格上のアヒル囲いは、アヒルのかわいさなく、飛車と角が自由に盤面を飛び回る。隙を見せた瞬間、飛車と角が自陣にものすごい勢いで飛び込んでくる。そのときの衝撃や恐怖は、プテラノドンを彷彿とさせる。

家族に頼りないと思われている妹という存在の私が、恐竜に勝てるわけもなく、一方的に自陣を荒らされてボコボコにされる。

「クソが……」

何もする気が起きず、ベッドの上に横たわる。壮太との言い合いで溜まっていた疲れが、一気に体内に広がる。

目をつむり、お母さんのことを考える。

お母さんだったら今の私に何を作ってくれるだろうか？

温かいたぬき豆腐とかかな？　出汁がしみ込んだ揚げ玉と野菜と豆腐が、咀嚼するのも面倒くさいときにちょうどいいんだ。出汁にしみた揚げ玉が、口の中で油のうまみと出汁のうまみを広げながら、溶けていく。最後に、微かな食感が嬉しい。この嬉しさを味わっている内に、面倒くさいのがいなくなり、「ことみ」のおにぎりも食べたくなるんだよな。

食べたいな。

家のドアの鍵が開く音がした。お父さんが帰ってきたのだろう。

今日は会う気がしないので、最後の力を振りしぼって起き上がり、明かりを消してベッドに潜り込んだ。

翌朝なのか？　深夜なのか？

決めかねている時間に目が覚める。

眠気を空腹が一蹴し、目が覚めてから数秒で、体内からメシを食えの訴えが聞こえる。

ベッドから起き、部屋を出て台所へ向かうが、そこではすでにお父さんがひとりで今日を始めていた。

遅く帰ってきて、早く今日を始めるお父さんに向き合う気にはならず、まったく眠たくない目をこすりながら、水を飲む。

後ろから、お父さんの「起きるなら、何か作ろうか？」の声が聞こえる。

食べたい。

ご飯にみそ汁。生卵に、刻んだ梅干しと二島食品の「ことみ」。カリカリに焼いたソーセージ。ちぎったレタスをサウザンドレッシングで。それにお新香と納豆。

食べたいけど、自分が今食べていい人間だと到底思えず、首を振って部屋に戻った。

バッグをあさり、カロリーフレンドを一気に食べる。

口の中が乾き、水を飲みたくなるが、もう一度台所に戻ることはできず、ただただ、乾きに堪える。

外から鳥のさえずりが聞こえてきて、今日が正式に始まった。

今年の初詣の帰りに、お父さんとお母さんは「年々手を合わせる時間が長くなって困る」と笑っていた。

私はといえば、「行きたい高校に受かりますように」とか、「ウォーズ将棋で初段になれますように」などと願おうかと思ったけど、自分なりの努力をして行けるなら行くし、なれるならなる。なんとしても叶えたいほど強い願いではないような気がして、結局、何も祈らなかった。

何気ない日々でさえ、願っても手に入れられないと知っていたらな。

私は読みが甘い。

授業を受けていても、休み時間も身が入らずに、気を抜けばため息をつきそうになる。

待ちに待った給食の時間。のはずが、本当にただ食べるだけになっている自分に気がつく。

食事って、こんなものだったのか？　もっと至福の時間のような気がしていたけど。

味にではなく、食事への違和感で首を傾げてしまう。

こっちの空気を察してか、いつも話しかけてくれるエリコも話しかけてこない。

そっとしておいてほしいときは、そっとしておいてくれる。ありがたい。


「生井の家って、スーパー二重丸のほうだろ。あそこの角に猫いるじゃん。あの猫と俺、最近めちゃくちゃ仲いいんだよね」

井出というクラスメイトが急に話しかけてきた。

急に話しかけられたことにも、話の内容にも驚き、返答できずにじっと顔を見てしまう。

「あの猫を見たらさ、俺仲いいから優しくしてやってよ。ちょっと臆病だけど、めちゃくちゃいいヤツだから」

そういえば、スーパー二重丸のところに猫がいた気がする。

「文久町ってさ、上から見ると猫みたいな地形してるじゃん。だから猫がたくさんいるんだと思うんだよね」

井出は持論を展開する。

文久町を上から見たことはないし、地形が猫っぽいのかも知らない。

地形が猫に似ているから猫が多い、という理屈は意味がわからないが、井出が猫を好きなのはわかった。

井出は、細身で高身長で脚が長い。髪型は、さっぱりしているとしか形容のしようがなく、顔は小さい。

文久町
ニャー
スーパー◎
ニャー

それなりの見た目のよさを、好きなことへの探求心が強すぎて台無しにしている。もったいないが、私は嫌いではない。

「文久町に猫って何匹くらいいるの？」

井出は少し考え、指折り数えるが、「すぐ、調べるわ」と、親指を立ててきた。

正確な数を知りたいわけではないが、親指を立てられたら頷くしかない。


放課後、すぐ家に帰る気にはならず、運動部の練習を眺めていた。

懸命に動いている姿は、景色として心地よかったのに、運動部の男子がこちらに気がつき、妙に張り切りだしたのを見て切り上げる。

帰り道、写真を撮りたくなるくらいに空はきれいだったが、地面を見て歩く。

ただ、地面は地面で見応えがあるので、ややこしい。

スーパー二重丸の裏手を通ると、若い女性の店員さんが、年配の女性店員さんを怒っているとも嘆いているともとれる言い方で責めている。

年配の女性店員さんは、大人なのにふてくされながら、

「証拠を出してくださいよ」

聞こえてきた言葉だけでは全容はわからないが、たぶん年配の女性店員さんが悪いのだろう。証拠を出せと言う人は、たいていやっている。やっていない人はそんなこと言わない。

若い女性店員さんはかわいい。かわいく立ち振る舞いたいはずなのに、年上に怒るってどんな気持ちなのだろう。

茶色い猫がこっちを見ている。

君は井出と仲良しなんだろう？　井出のことをよろしく頼むよ、と心で話しかける。

家のドアを開ける。

お母さんがいないことに慣れてきているのが、とても嫌だ。

リビングに行くと、壮太のバッグが置いてある。姿は見えないので、出かけているのだろう。

なんで部活をやめたんだろう。

壮太のことを考えると、いつの間にかイライラしている。

昨日から何も関わっていないのに、いない相手にもしっかりイライラしてしまう。

イライラは餡かけみたいなものか。いや、そんないいもんじゃないな。ああ、餡かけ食べたいな。

仕方がないので、ウォーズ将棋を開く。

お相手は一級の方。通算成績も同じくらいだ。久しぶりに求めている将棋ができるかも、と期待してしまう。

私が先手なので角道を開けると、お相手の方が、飛車先でも角道を開けるでもないところの歩を進めてきた。

角で取れるけど？　あ〜これ、パックマン戦法ってやつだ。この歩を取れば、乱戦になるやつだ。

この歩を取らずに、角道を止めれば、求めている将棋の方面に行く。

ただ、「取れないの？　タダだよ」と挑発されている。普段だったらそんな挑発には乗らないが、気がつけば取っていた。

結果、求めている将棋とはまったく方向違いの大乱戦。

もっとも私が大乱戦と思っているだけで、お相手には望んだ景色。

こちらは時間を使うが、あちらはサクサク指してくる。局面も苦しいが、あえなく時間切れで負け。

将棋くらいは楽しく指したいな。

お母さんに会いたいな。

そろそろ塾に行こうかな。

ちゃんと謝りたいな。

壮太に、家のことはやるからサッカーを続けてほしい、と言いたいな。

壮太のサッカーの試合を見に行って、真剣に無責任に応援するのが好きだった。

壮太は結構うまいので、シュートを決めたり、味方のミスをカバーしたりと活躍してくれた。

中学の最後の大会では、都でいいところまで進んで、ドキドキした。

最後は手合い違いみたいな相手に負けてしまったけど、その試合でも壮太は活躍してたし、最後まで諦めていなかった。

自分にはない必死さを持っている壮太を尊敬していた。

もっと幼い頃は、伝えたいことを言えていたのに、だんだん伝えたいことほど言えなくなってくる。

言えないなら、せめて何かしないと、と思い、塾の帰りにコンビニに寄り、壮太の誕生日プレゼント用にギフトカードを買う。

渡すことができたらいいなと思いながら、自転車を漕ぐ。

うっすらと夏の夜の匂いがした。この匂い、好きなんだよな。


家に帰ると、壮太がリビングで何かしているのが見えたので、自分の部屋へ直行すると、ベッドに横たわる前に壮太に呼びつけられる。

「呼ぶ」だけをしてくれたら普通に行けるのに、なんで「呼びつける」ようなことをするのだろうか？

また、家族の足を引っ張っているという現実を突きつけられるのかと、構えてしまう。

心配は時に攻撃的だ。

とりあえず、こちらからは仕掛けずに壮太の出方をうかがっていると、壮太が自信満々にステーキを出してきた。

「何これ？」

「見たらわかるだろ。100グラム500円のステーキだよ」

「ステーキなのはわかるけど」

「100グラム500円。正直、タレは500円超えてるからね。さあ、食えよ」

「はあ!?」

500円を超えるタレは、合格祝いなど何かを成し遂げたときにさえ合うのかわからない代物なので、思わず声をあげてしまう。

なんとか取り繕い、「こういうのホント迷惑なんだけど」と返すが、

「別にアレだよ。食わないで倒れられたりしたら面倒くさいし」

面倒くさい。

私が面倒くさいのは知っている。だからこそ、面倒くさいと思われたくない。

「倒れても面倒みなくていいから、絡まないで」

「え？　え？　絡むってなんだ？」

「面倒くさいんだろ。私も壮太と話すの面倒くさいから」

「あ？　なんなんだよ」

「私が何を食べようが、食べなかろうが、自由じゃん。壮太は壮太のことをしろよ。家のために部活やめるとか、そっちのほうが面倒くさい。アヒル囲い」

「部活やめたのは……別に」

「あのさ私、味覚いいからさ。お母さんが作った料理以外は何を食べても一緒なの。お母さんの料理食べられないなら、なんでもいいの。壮太と違って、味覚いいからさ。味覚よくないんだから、料理作るなよ」

壮太の気持ちはわかる。

サッカーをしていたときに、何事もなかったように味方のミスをカバーしていたのと同じ気持ちなのだろう。

「なんだ味覚って？　味覚いいってなんだよ。俺だって、お母さんの料理おいしく食べてただろ」

「はぁ〜、そのレベルならいいって。はぁ〜、十六枚落ち」

本当に、このレベルなら料理なんてしないでほしい。


壮太は頷いてキッチンに行き、私の前に茶碗3杯のご飯を出してきた。

「全部に赤シソのふりかけ、かかってるだろ。一つだけが二島食品の『ことみ』。当ててみろよ。好きだろ。当てられたら何も言わないよ。味覚いいんだろ。当てろよ。味覚いいなら、当てられるだろ」

挑発にカチンときた。

絶対的王者「ことみ」の真似をしている他の赤シソの味が気になったし、正解して、私のことは気にしないでほしいと伝えようと思った。

「ふーん。正解は一つだけ……難解な終盤戦みたいじゃん。わかった。やってやるよ。いただきます」

正解して、終わりにしよう。

「いただきます」

反射的に出た言葉に、壮太が大きめの反応をしたので居心地が悪く、

「壮太にじゃなくて、ご飯にね」

言わなくていいことを言ってしまう。

壮太は私の言葉を気にせず、なぜか機嫌よさげだ。

「いや、別に……あ、肉も食えよ」

「見るからにおいしそうなお肉なんだから、言われなくても食べるよ」

ただ、私のお肉は温かそうなのに、壮太のお肉を見ると明らかに冷めている。

自分の分で練習して、私が帰ってきてから私のお肉を焼き始めたのだろう。

どうしてそういうことを当たり前にするの？

温かいお肉のほうがおいしいんだからさ。練習なんてしないで作ればいいじゃん。

私のさ、温かいものを食べてほしいって気持ちは無視されるわけ？　ねぇ、なんで？

先に生まれたってだけで？　そんなのだけで、ずっとそう生きるの？

後から生まれたらずっと我慢しないといけないの？　意味わからない。

「あのさ、私のステーキと替える？」

壮太はきょとんして、不思議そうな顔をしている。

冷めてもアレなので食べようと思うが、違和感を感じた。

「サラダはないの？」

「サラダ？　ないよ。今日はそういうカサマシしてない。ドンと肉だけ」

「サラダのことカサマシだと思ってるなら、料理やるなよ」

「え？　サラダって野菜だろ。野菜はカサマシだろ。いいから食べろよ。ほら」

マジで、野菜をカサマシだと思ってるんだ。

おじいちゃんから送られてくる野菜をおいしそうに食べてたけど、あれは〝カサマシの割にはおいしい〟ということだったのか。

ハッキリとわかる。壮太には料理をする資格がない。


「はぁ～、見られてたら食べづらいからさ」

「俺も食うよ。いただきます」

温かいステーキをフォークとナイフで切り分ける。

ジュワと肉汁が溢れ、食欲をそそる。

中のほうはまだ赤く、ミディアムな焼き上がりもいい。

タレは自分でかけたかったが、まあ、それはいい。

一口食べると、お肉の甘味とタレの深い辛みが混ざり合う。

お肉の一口目のインパクトは、全肯定の雰囲気を纏う。何度か肯定されるのを楽しんでいるうちに、いいところで口の中から消える。

その余韻でご飯を食べて、もう一度肯定されたいと、次のお肉へ向かってしまう。

だが、ステーキにしては何か変だ。ステーキはステーキで完結しているので、ご飯との相性はそれほどよくないはずなのに、無性にご飯をかき込みたくなる……。

「これさ、焼き肉用のやつじゃない？」

「いやいや、５００円超えてるから」

「ステーキ用じゃないと思うけどな」

「有名な段々苑のタレだよ」

「段々苑って焼肉屋じゃん」

「でもうまいじゃん」

別に文句を言いたいわけではないのに、ついつい口調がキツくなってしまう。

「この肉さ、スーパー二重丸で買ったんだよ」

「あそこ、お肉に力入れてるよね」

お母さんが言ってたから覚えている。

「たしかに肉のところ、意外と広かったかも」

「端つき越した銀冠の小部屋くらい意外と広いよね。詰んだと思ったのに、全然詰まないんだよね」


幼稚園の頃、お母さんとスーパー二重丸に行ったときに、商品のチョコレートを持ってそのまま出てしまった。

店を出たところでお母さんが気づいて、慌ててお店の人に謝りに行ってた。

お母さんが謝っている姿を初めて見て、自分はとんでもないことをしたのだとわかった。

ただどうすることもできずに涙目でいると、おじさんの店員さんが、

「これ、うまいんだよ。俺が気に入って仕入れてるんだ。いい目してるね。今日はあげる。その代わり、遠足のおやつはうちで買ってね」

特に怒っている様子もなく、お菓子をくれた。

今思えば大した意味のない言葉なのだろうけど、それ以来、私は遠足のおやつをスーパー二重丸で買い続けている。


「でさ、店の裏に猫寝てるんだけどさ、あれ野良猫かな？　全然警戒心ないんだよ」

「茶色い猫？」

「そうそう。触れそうだったけどさ、お肉とか持ってたしさ。自慢してる感じになったらアレだから、触らなかったけど」

「自慢？」

「猫からしたらさ、肉食べられていいなとか、自分だけいいもん食べやがってとかさ、そう思うかなと思って」

「まぁ、うーん……そう思うのかな」

「野良猫だったらさ、毎日必ず食べられるって決まってないしさ」

「あ~野良猫はそうか。でもあの猫は、角のおばあちゃんのところの猫だったと思う」

「そうなんだ」

「クラスの猫好きな男の子が言ってた」

「そんなヤツいるの？」

「聞いてもいないのに、家の近くの猫情報を教えてくれるの」

「いいなぁ」

井出の知らない場所で、井出が羨ましがられている。

「で、ソースはさ、誠実屋で買ったんだけどさ」

「あっちまで行ったの？」

お鍋のときは誠実屋だ。定番の具材から、こだわりを感じる練り物などいろいろと選べるのが大型スーパーの強みだ。

帰りに、母と優花荘の花壇を見て、「来年は何が咲くのかな？」と毎回同じ話をしながら歩いていた。私だけの冬の風物詩。

「今度、誠実屋の近くに猫いるか聞いておいてよ」

「え？　なんで？」

「なんでって、猫いるなら見たいだろ」

「え？　まあ聞いてみるけど」

井出が求められてる。井出、よかったな。


「ご飯、おかわりするか？」

「しないよ。3杯もあるし」

「全部少なめにしたけどね。あ、ことみはどっちにも売ってた」

「まぁ、ことみはだいたい置いてあるね。私、おかわりしないから、おかわりしなよ」

「マジで？　炊くと時間かかるよ。ホントにいいの？」

「いいよ。食べなよ」

「何杯でもご飯食べられるな」

「そんなに食べたら太るよ。部活やめたんだし」

そう言っても聞かずに、バクバク食べ続ける。

何度食べても初めてのようにうまい、うまいを連発し、何度もうまいと言うがどううまいかは言わず、うなり続けている。

壮太の気持ちいい食べっぷりを久々に見た。

やはり、壮太は料理を作る人じゃない、食べる人だ。

ことみを当てて、元の壮太に戻そう。

1杯目は、どうだ？　塩味が強い気がする。2杯目は、味がやわらかい。3杯目は、シソが効いている。

冷めたおにぎりでなら、すぐにわかりそうだ。しかし今、炊き立てのご飯と、こうなると邪魔なステーキがいる。

ことみを当てたいが、ご飯を口に入れると無意識でステーキに手が伸びる。

うまい。確かにこのステーキはうまい。壮太がバクバク食べるのも納得だ。

お母さん、壮太の食べっぷり見て苦笑いしてたな。あの苦笑いを見るのが好きだったんだよな。

「うまいってなったら、それ以上はな。うまいで止まるからな。うまいの先を知りたいし、料理やろうかな」

「あのさ」

「料理やったらさ、うまいの先もわかるかもしれないじゃん。一緒に作ってやるよ」

「そうじゃなくて……。部活やめて料理するとか、意味わかんないから」

「部活は別に……別に」

壮太は口ごもった。

家族のためにやめたなどとは絶対に言わない性格だった。そこには触れないでおこう。足を引っ張ってしまうけど、壮太のこと、相手のことは考えよう。

あ、そっか。相手のことを考えてる味がことみだ。

ことみは、ご飯も、豆腐も、卵も、麻婆豆腐でさえ、なんでも相手を引き立たせる。そういう味だ。

「ことみは……真ん中のお母さんが使ってた茶碗」

壮太は、ことみの勝負のことが頭にないのか、すごいなと褒めだした。

「当てたんだから、私のことは気にしないで。ごちそうさま」

壮太は、勝負に負けたのにニヤけている。

「あ……いや、わかってるよ。俺に言ってないのは」

「え？　今のは食材にも、お兄ちゃんにもだよ。おいしかった。ごちそうさま」

「そう？　そうか？　ああ……初めて言われたから、なんて返せばいいか……えっと」

「別に何も言わなくていいよ。もう私にかまわないで」

「そうは言ったけどさ」

「なに？　そういう話だったじゃん」

席を立とうとする私を引き留めて、壮太は話し出す。

「いや、あのさ。俺、今わかったんだけどさ。香織がさ、ごちそうさまって言うと、お母さんいつも一瞬にっこりするんだよ。今さ、それ見るのが好きだったって気づいた。見てたときは何も思わなかったけど、好きだったんだな、俺」

この言葉を聞いて、頭の中がお母さんの笑顔で埋め尽くされる。

「お母さん、にっこりしてたかな？」

「してたよ」

「壮太さ、私、お母さんに迷惑ばっかかけてたし」

謝りたいことしかない。

だけど、思い出すのは笑顔のお母さんだ。

「今まで通りの生活しないとさ」

「今まで通りってさ……はあ」

お母さんがいないのだから、今まで通りにはいかない。

「お金さ、脅されてるわけじゃないにしても、何か買いたいから必要なんだろ？　お兄ちゃんがお父さんに言ってやるしさ」

「お金はさ……」


部屋に戻り、バッグからギフトカードを取り出す。

今しか渡せない気がしたので、急いで台所へ戻る。

「ギフトカード？　なんで？」

「壮太、来週誕生日でしょ」

「え？」

「誕生日会をやる感じでもないし、何か欲しそうな感じもないし」

「まあ、誕生日を気にする年でもないし。もう高2だしな」

「壮太が気にしないとしても、お祝いくらいはさせてほしい。おめでとう」

渡せてよかった。

「ありがとう。そういうことだったら言ってくれたらよかったのに。なんで言わないんだよ。言えよ」

「言えよって……はあ～」

言えよ、に込められた答えではないが、はっきり言おう。

「あのね、私、お父さんとか壮太の重荷になりたくないの。家族で私だけ足を引っ張ってるのが嫌なの。部活やめられたりするの、本当に嫌なの」

ガーーン
フフフ
フフ
10

「部活やめたのは、香織のせいじゃないよ。本当に関係ない」

「やめる理由ないじゃん」

壮太の性格は知っている。だけど、もう止められない。

「一年生から試合出てるのにさ。序盤で飛車得してて、いきなり投了してるのと一緒じゃん」

感情が言葉の網を破りそうだ。

壮太は少し陰った表情になった。

壮太、ごめん。

「いや、やめた理由はさ、好きだったマネージャーが、初心者の一年と付き合いだしてさ」


壮太の言葉を理解できず、一気に感情がなくなった。

理解しないと感情は湧かない。

体中すべてが理解をしようと一致団結するのがわかる。

「え？　壮太、エースでしょ？」

まずは、確認だ。

知っていることを改めて確認するところから始めないと、とてもじゃないが理解できない。

「そうだよ、エース。マンマークをつけられるエース。俺のほうが何倍もうまいよ。うまいのにさ。初心者と付き合ってさ」

「ウソでしょ？　好きだったマネージャーが、へたくそな一年生と付き合ったからやめたの？　それはウソだよ。それはウソ。まじでそういうウソはいいって。ウソへたすぎる」

壮太はしばらく黙り、投了を決めた棋士のような静寂を決め込む。

「うん……。ウソだったら、いいよな」

壮太にとっての投了の言葉だ。

棋士でも投了されたらすぐに言葉を発せない。私も同じだ。

「意味わかんないじゃん。俺のほうが絶対うまいし……俺のほうがしゃべってたし……」

「壮太、見た目もいいと思うけど」

「その後輩、ＳＮＳで人気あるらしいんだわ」

「あ〜、そっちか」

「部活関係ないじゃん！」

壮太の感情が、壮太の言葉の網を破りそうだ。

目の前にいるのは、お兄ちゃんではなく、ただの悲惨な人間だ。

「意味わかんないよ。そりゃやめるだろ。やめるしかないだろ。うまくもないし、練習もすぐ休むヤツとマネージャーが付き合ったらさ。続けるなんてできないだろ。続けてていい理由がないだろ」

悲惨な人間の正論ほど、キツいものはない。

「えっと、えっと……壮太のやめた理由はさ。私のためってことにしよう」

「違うって言ってるだろ！」

「事実と違っていいから‼」

エースが、下級生のへたくそなヤツに恋で敗れて部活やめるなんて、あったらいけないの。

「そんなの青春違反じゃん！」

「なんだよ青春違反って」

「青春違反は青春違反。絶対してはならないこと」

「したくて、こうなったわけじゃないよ」

そうだよね。ごめん。

したい人なんていないよね。気がつけば、感情が言葉の網を破っていた。

「わかってる、わかってるから。とにかく壮太は、私のためにやめたの。部活よりも家族を取ったの。そうしよう、そうしよう。壮太は私に料理を作るためにやめた。そうしよう！」

「俺のほうがうまいのにさ。うまいのにさ……」

「もう言わない！　青春違反なんてなかったの。これからは料理を作って。そうだ、さっきあげたカードでフライパンとか買おう。今から事実を積み上げていこう。エースがへたくそ下級生に恋で敗れるなんてことはなかったの。なかったの！　これからも料理作って。おいしかったし」

隠蔽。ありふれた日常が好きな私には似合わない言葉だ。

真っ当に生きてきた人間を、悪人に落とす行為が隠蔽だ。

青春違反をなかったことにするために、私は悪人にでもなろう。

それが私の正義だ。

壮太は、私のために部活をやめた。これが事実だ。

隠蔽は、丁寧に真剣にやらなければ成功しない。真剣にキッチン用品を選んだ。

壮太が料理を作る。私が隠蔽する。そんな兄妹がいてもいい。

隠蔽という目的があると、壮太と自然に話せる。いつ以来だろうか？

壮太に似合いそうな、お母さんが好きな紫陽花と同じ色の薄紅色のエプロンを選んだ。


お父さんが帰ってきた。

異様な空気で、食卓を囲む息子と娘の姿に目を丸くする。

「自炊？　自炊するのはいいけど、まあ無理だけはするなよ」

「無理はしてないよ」

「自炊は勝手にやっていいけど、油とか気をつけろよ。火事になったら大変だからな！　火事になったら大声で周りに知らせろよ。恥ずかしがるなよ！　そこは恥ずかしがるところじゃないからな。恥ずかしがるなよ。どんなときも恥ずかしいと思ったときほど、やってみろ！」

何を言っているのかまったくわからないが、隠蔽は成功だ。

お父さんには申し訳ないが、悪事は身内から綻《ほころ》ぶ。私の決意は固い。

金銀8枚の穴熊。それが隠蔽穴熊。

藤川五冠であっても壮太の青春違反という玉を詰ますことはできない。

そのとき、突然電話が鳴った。

この時間の電話は、体がこわばる。

第③話

ポトフの優しさを受け入れるには

〜兄・壮太の場合〜

英語の授業は、先生が海外のジョークを言って終わる。

毎回のことなので教室がザワつくことはなく、みんな机の上を片づけながら聞いている。ジョークの意味を理解できるときもできないときもあるが、どちらにしても僕たちからの反応はない。それでも先生は満足げに教室を出ていく。

伝わらなくてもいいと思って発した言葉を受け取ると、処理に戸惑う。


今日こそは何か作りたいな。

ステーキを作って以来、目玉焼きを焼いたり、冷凍食品を炒めたり、レトルト食品を電子レンジでチンしたりなどの料理をしてはいるが、料理長としての自信を深める料理を作れていない。

妹の尊敬と期待が入り混じった眼差しに背を向けてまで、作ることができない原因はいくつかある。

一作目のステーキがおいしすぎたのが、二作目への重圧になっていること。

準備運動感覚で作った目玉焼きの仕上がりがひどくてショックだったこと。

それに、冷凍食品とレトルト食品がうますぎること。

あそこまでうまいと、これでいいじゃんとなってしまう。作る以上、これよりうまいのを作れるんでしょ？　となってしまう。

冷凍食品とレトルト食品は、ここまでうまくなくていい。うまいまではいかず、「食べることをやめることはない」くらいのレベルを目指すべきだ。

うまいものを作りたいという気持ちはわかるが、消費者の、特に初心者の料理人の立場を考えてほしい。


廊下を歩いていると、珍しくクラスメイトの伸弥に話しかけられた。さっきのジョークの考察を適当にしながら下駄箱へ向かう。

伸弥の靴が新しい。そのまま履けるのに、わざわざ靴ひもをほどいて足をそっと入れている。新しい靴を見せたかったから話しかけてきたのか。

意地悪しても仕方ないので、「その靴、いいね」と言うと、「安かったから」とそっけなく返された。選択した優しさを邪険に扱われるのはしんどい。

自分の靴を見ると、買い替えなきゃと言うほどではないが新しさはない。


料理を作ることができない原因はいくつかあるが、最大の原因は、野菜はカサマシではないということだ。

あの日、完全に腑に落ちて料理長としての威厳を示すために発した言葉を、妹に一蹴された。

野菜はカサマシの割においしい。違う。

野菜はおいしいけど、カサマシの役割も担っている。いや違う。

野菜は野菜だ。そうだ。

いつから野菜をカサマシだと認識してしまったのだろう。

子供の頃、周囲には野菜が苦手な友達が多かったが、祖父が作った野菜を送ってくれるのが嬉しくて、おやつ代わりに食べていた。

夏は冷やしたピーマンに塩を振りかけて食べるのが好きだった。子供なのにピーマン好きなんだ、という大人の目が心地よかったし、何よりシャキシャキした食感がいい。

冷やしたことにより、ピーマン特有の苦みが緩和されたのか？　それとも、祖父が苦くないピーマンを作っていたのか？

わからないが、とにかくおいしかった。

それなのに、いつからカサマシだと思うようになったのか？

メインのおかずになることが少ないから、その印象が刷り込まれ、肉や魚と差をつけていたのかもしれない。よく栄養があると聞くので、その優等生っぷりを敬遠していたのかもしれない。

10代特有の、よくわからない勝ち負けに支配される雰囲気に呑み込まれないように、強さを求めてお肉や魚を欲して、野菜をおろそかにしていたのかも。そう思っていたのだとしたら、恥ずかしい。

いずれにせよ、生井家の料理長になる以上は、野菜への認識を改めないと。

そんなことを考えながら、練習に励むサッカー部の姿をチラリと見つつ自転車の鍵をかける。

明日が大会のはずなのに、練習に緊張感が足りない。勝とうという意気込みも、サッカーを楽しもうという空気感もなく、ただただ怒られたくないだけの惰性で動いているように見える。

自分がサッカー部に何かを言えた立場ではないのを思い出し、一息ついて、自転車のペダルを力いっぱい漕ぐ。

マネージャーいなかったな。もしかして、やめたのかな。

胸の痛みを、漕ぐことで忘れようとする。

サッカー部にいたときより、自転車を漕ぐスピードが上がった気がする。街並みの移り変わりも早い。

ちょっと前まで工事していた場所には、もうマンションができているし、オープンしたお店がなくなり、そこに別の新たなお店がオープンしている。

きれいな花は枯れ、新たな花が主役になっている。

実はものすごいスピードで日々は流れているが、あまり気がつかない。


家に着くと、高校生から料理長へ気持ちを切り替える。

切り替えのスイッチは、念入りな手洗いだ。

正直、以前まで手洗いをおろそかにしていた。ただ、僕はもう料理長だ。人に作ったものを出すという意味でも大事だし、何よりいちばん働いてもらう手への挨拶だ。

手を洗って、何を作るか考えるためにスマホをいじる。

スマホの画面は汚いと聞いたことがある。手を洗うならスマホで調べた後のほうが要領はいい。買い物などをすべて済ませて、エプロンをつけてからでもいい気がする。きっとそれが正解だ。自分でもわかっているし、誰かに指摘されたら耳が赤くなるけど、これは今しておきたい自分の中の儀式なのだ。

「野菜　簡単　料理」で検索を開始。

世の中には、ありとあらゆるレシピが存在する。ネットに載せるくらいだから、その料理で周りの人を笑顔にさせたいのだろう。

尊敬はするが、一つ難点をあげると、どれもこれも簡単そうに見えないこと。簡単が、最重要なのに。

ただ、簡単に重きを置きすぎると、サラダばかり出てきてしまう。サラダはあくまでサラダだ。

メインの料理がおいしくて、さらに添えられたサラダもおいしい。目立たないが必要。サッカーでいうボランチなどのポジションに近い。

そう考えると、サラダはかなり大事だな。サラダでいいか。

ただ、サラダを作ることを「料理した」と言えるのか？　同じような悩みを抱えているのであろうネットの先輩たちは、手の込んだサラダを作ったり、ドレッシングを手作りにしたりと試行錯誤している。これらを作れば料理したと言えるかもしれないが、肝心な「簡単」という要素を見失っている。

サラダばかり調べていると、一つ異質なものを見つけた。

ポトフ？

聞いたことないけど、響きはかわいい。

レシピを見ると、キャッチコピーに「簡単」を打ち出しているが、その割に完成形は手が込んでいるように見える。煮込むだけというのもいい。ステーキのときにも「焼くだけ」と言われて騙されているが、それでも「だけ」という響きは魅力的だ。

ポトフを調べると、欧州の家庭料理と出てきた。あのサッカー選手も、あのサッカー選手も食べているのか？　憧れの人が食べているのを想像すると、ポトフへの思いが募る。

材料を見ると野菜ばかり。これでもかと野菜だ。バランスを取るようにソーセージがある。ソーセージがあれば何の問題もないはずだ。

味つけはコンソメ？　名前は知ってはいるが、どんな味かはよくわからない。ポテトチップスの定番の味。どんな味だったかな。ポテトチップスは、「ポテトチップスの味」としか記憶にない。でも、ポテトチップスはいつだっておいしいのだから、コンソメもおいしいに決まっている。

あと、ローリエと書いてある。見当もつかない。料理をはじめると、見当もつかないものを知る。

欧州っぽいとは思う。日本のみりん、欧州のローリエといったところか。

ただ、ローリエなんてどこに売っているんだ？　作るのは簡単かもしれないが、手に入れるのが難しいのなら、それは難しいのだ。私はローリエを売っているようないい店を知ってますというアピールなのか？　これだからＳＮＳをやってるヤツは……。


ふと、サッカー部の一年生の顔が浮かんで、体が熱くなる。

自分が一年生のときによく話をしてくれた中原先輩という三年生を押しのけてレギュラーになった試合前、トイレで中原先輩とばったり出くわしたときと似た熱さだ。

テクニックがものすごくあるわけではないが、よく走り、守備もするというのが、僕が抜擢された理由だ。点を取る部分で抜擢されたかったので喜びはイマイチだったが、レギュラーを外されたほうはたまったもんじゃないだろう。

あのときは試合に集中することで、その熱さを抑えた。足がつりそうな終盤でも必死に走れたし、サイドラインを割りそうなボールに追いついて、そこからクロスを上げた。きれいな放物線を描いたボールは、途中出場した中原先輩が鬱憤を晴らすかのようにヘディングシュートを決め、それが決勝点となり勝つことができた。

試合後、中原先輩と以前のように話をできたことが嬉しかったし、マネージャーが涙を必死に我慢していたのを見つけたときも嬉しかった。

今の僕も、必死に涙を我慢している。あんなに嬉しかった日も、状況が変われば痛みを伴う。


体を支配するこの熱さを抑えるためには、集中するしかない。

今は料理だ。料理に集中しよう。

スーパーにローリエを売ってなくてポトフの味がイマイチだったら、この前買った段々苑のタレをかければいい。アレをかけとけば何でもうまくなる。

さあ、買い物に行こう。

夕陽を背にしながら、近くのスーパー二重丸か、少し離れた誠実屋に行くかを考え、まずは二重丸に行くことにした。ローリエを売っているとすれば、誠実屋だ。最初に本命に行ってなかったら、気持ちが沈むじゃないか。

誠実屋にもなかったら、いよいよレシピを載せた人の性格の悪さが確定してしまう。野菜のことと恋愛のことで性格が悪いのは勘弁してほしい。性格が悪い行動をしてはいけない場所って、あるんだよ。

そんなことを考えているうちに、スーパー二重丸に着いた。心地いい店内放送が漏れ聞こえてくる。

店頭に置いてある野菜を慎重に選んでいく。よく見ると、じゃがいもは一つひとつ大きさも形も違う。にんじんもしかり。どこを見れば、この中で一番いいものを買えるんだろう。

近くにいたベビーカーに乗った赤ちゃんが、こっちを不思議そうに見ているのが妙に恥ずかしくて、一番上に置いてあるものを選んで店内に入る。

店内では、若い女性の店員さんがテキパキと働いている。あんなに優しそうな人もいたのか。何かあったらあの人に聞こう。

次はお肉コーナーへ。ソーセージは野菜より選ぶのが難しい。単純に種類が多いし、思っていたよりも値段が高い。母が買っていたのと同じものがいいが、どれかわからない。

「カレーでいいじゃん」

「カレーってかわいくないじゃん」

「料理にかわいさって必要？」

「男にかわいいと思われないことは一切したくない」

「好きにしなよ」

大人の女性2人組が、肉を選びながら話している。今、自分に考えられる将来の少し先くらいの年齢だ。サンダルを履いてラフな格好をしているのに、2人ともきれいでかわいい。

男性より女性のほうが、圧倒的に見た目がよくなるのはなぜだろう。同級生も、妹も、マネージャーも、あのくらいの年齢になったら、みんなああなるのだろうか。想像がつかない。

マネージャーは今でもきれいでかわいいか。これは客観的な意見として。

彼女たちと一緒の空間にいると無性に照れてしまうので、数ある中から真ん中くらいの値段のソーセージを取り、選んでいる2人の後ろを通りすぎると、ふわっといい匂いがした。

柔軟剤の匂いとは違う、「誘う」という意思を持ったような匂い。大人だ。

ムズムズを抑えるために、魚コーナーのガチガチに凍ったイカやエビを見つめる。うっすら感じる冷気が気持ちいい。

僕は今、料理長だ。料理長たるもの、食材以外に目を奪われてならない。

次はコンソメだ。どの売り場にあるんだろう。欧州だからパスタのコーナーか？　さっきの女性2人組が肉コーナーにいるうちに探し当てよう。

コンソメは調味料の棚にひっそりあった。キャラメルみたいな箱に入っていて、顆粒状のものと固形のものがある。どちらでも同じなのだろうが、ここで迷ってしまう。顆粒状のほうが玄人っぽさは出そうだが、固形のほうが使い勝手はよさそうだ。

自分でも、どうでもいい悩みなのはわかっている。それでも考えてしまうのが、悩みだ。

「いかがでした？」

コンソメに悩んでいると、後ろから声がした。この声は体が忘れない。おそるおそる振り返ると、やはり半額シールを貼り付けた女性店員さんがいる。

この前とは違って、少し笑顔だ。それも接客の笑顔ではなく、こちらに期待している笑顔。

お肉の感想を待っているのは明白だが、おずおずと答えるのは言葉のカツアゲをされている気分になってちょっとシャクだ。

でも、この前の圧力と恐怖から、気がつけばステーキへの感謝を口にしていた。まだ欲しがっていそうだったので、カツアゲでいったら財布以外の場所に隠しておいたお金もわざわざ差し出すくらい、しつこく感謝を述べた。

「当たり前のことをしただけですよ」

店員さんが客に商品をすすめること自体は当たり前かもしれないが、その周辺を彩った数々の当たり前ではない言動を忘れているのだろうか？

「で、今日は？」

何を作るの？　さえ省略されている。

圧力に逆らえず、ポトフを作ることを伝えてしまったが、このままでは悔しいのでささやかな仕返しをしてみた。

「ローリエって置いてありますか？」

店員さんにとって、取り扱っていない商品のことは聞かれたくない話題だろう。ところが店員さんは、当たり前のようにスパイスの棚に目をやると、「はい」と手渡してきた。

え、あるの？　ローリエあるの？　スーパー二重丸って、実はすごいの？

驚きと感動と、少しの罪悪感の中で、人生初のローリエを受け取って見る。

うん。「ローレル」と書いてある。これは「ローリエ」ではない。

しかも乾燥した葉っぱだ。たぶんお皿に飾るときに使うのだろうが、これで１５０円は高い。

ローリエとローレル。確かに似ている。似てはいるが、違う。「ロー」しか合ってない。

大人はテストを受けないせいか、おおざっぱだ。似ているところを区別して覚えるとか、なじみのない言葉をしっかり覚えるとか、そういうことを忘れてしまっているのだろう。

ただ、こういうミスは伝えづらい。このまま言わないでもいいか。店員さんが、客から間違いを指摘されるのは、きっと耐えがたいだろう。

次に同じミスをしないように教えてあげるのが優しさか、伝えないのが優しさか。本当の優しさを考えるのは難しいので、優しさではなく言葉のカツアゲに対するささやかな仕返しとして、伝えることにした。

必要以上に嫌な気持ちにさせないように、精いっぱいの遠慮している演技をする。

「欲しいのは、ローリエなんですよね。これ、えっとローレルで。発音が悪かったですよね、すみません」

ところが、僕の完璧な演技の後に待っていたのは、店員の照れ笑いではなく、反論に近い説明だった。

「ローレルもローリエも、呼び方が違うだけで一緒のものです。メーカーによって呼び名が違うんですよ。ローレルがスペイン語、ローリエがフランス語だったかな、逆だったかな。日本語だと月桂樹って言います。リンゴジュース頼んで、アップルジュースが出てきたら、違うって言いますか？　言うんだったら、私が間違えてますけど、言わないですよね？」

最高の演技をしたはずなのに、なんで詰められてるんだ？　こちらが譲ったのだから、そちらも譲れないものか？なぜ、譲った場所に入ってくるのだ。

この人にも、さっきの女性2人組と同じような時代があったのだろうか。なかったから、こうなったのか？　もしくは、全員こうなるのか？　大人って何なんだろう。

「ポトフでしょ？」

ポトフという言葉の響きに一瞬、癒やされる。誰が言ってもそう感じさせるポトフはすごい。

「じゃあ、このシチューのルーも一緒に買うべきね。20年パートしてる私がこれしか買わないくらいおいしいよ」

「いえ、ポトフを作りたいんで」

いくらなんでも、作るものまでは変えさせない。ポトフっていう名前の響きを気に入っているのだ。

「ポトフできたよ」も言いたいし、「ポトフおいしかった」も言いたい。

とにかく、「ポトフ」とたくさん言いたい。「ポトフ」と言うと、口が気持ちいいのだ。

「ポトフとして楽しんで、次の日シチューにすると最高ですよ」

「ポトフって、シチューになるんですか？」

衝撃だった。味変のレベルではない。名前が変わるのだ。

ポトフというかわいい語感は、冒険の始まり。

ポトフがシチューになることを考えると、具材をもっと買ったほうがいいのか？　大きな鍋あったかな？　不安は尽きないが、冒険をしたい。

こちらの心中を察したのか、店員さんが自分では選ばないブロッコリーや、きのこなどを選んでくれた。

「種類は多いほうがおいしくなるから」

そう言って一瞬辺りを見渡し、そっと半額シールを貼ってきた。そして、まるで共犯者に向けて微笑むように、

「初心者なんだから」

怖くてこのシールは断れない。

一人前だと認められたら、貼られなくなるのかな。

レジで研修中の名札をつけたおじいさんが、シールを見て首を傾げたが、そのまま何も言わずに値引きしてくれた。

このおじいさんの名札から「研修中」が取れるときまでに、この値引きシール問題を解決しなければいけない。


野菜がぎっしり入った袋は重たい。指の関節の部分にだけ重さがかかるので、より重たく感じる。

だが、これは夕飯の重さであり、これから始まる冒険の重さでもある。この重さは幸せの重さだ。

ふと周囲を見渡すと、同じような重さの袋を持って歩いている主婦がたくさんいる。

誰の記憶にも残らないようなありふれた日常。その景色に溶け込んでいる一人ひとりの手に、幸せの重さがあるのだ。


家に帰り、エプロンという名の鎧をつけて、いざ冒険へと旅立つ。

ガスコンロの下の戸棚を開けて鍋を探す。思っていたより大きい鍋が見つかった。これなら、野菜が全部入りそうだ。

鍋は、さながら勇者の盾だ。鍋をガスコンロの上に設置、いや、盾だから装着か。

まずは、じゃがいも、にんじん、玉ねぎ、ブロッコリー、きのこなどの野菜を洗う。蛇口を捻《ひね》り、勢いよく流れる水にじゃがいもをさらす。滝行のように洗おうとすると、じゃがいもは水をはじき、しぶきが勢いよくこちらのおなか辺りまで飛んでくる。それをエプロンが受け止める。服が濡れるとテンションは下がるが、エプロンが濡れるのは悪くない。

じゃがいもとにんじんは土汚れが落ちるのがわかるので、洗っていて楽しいが、玉ねぎ、ブロッコリー、きのこは、汚れがわかりづらくて戸惑う。きのこは洗いづらいし、洗わなくてもいい気がするがどうなんだろうか。

そして、包丁という名の剣を取り出し、切ろうとしてはたと手が止まる。

じゃがいもの皮はどうするんだろう?

今まで食べてきたじゃがいもは皮があるときも、剥かれているときもあった気がする。ポトフのレシピ写真にならって皮を剥くことにするが、何か決まりがあるのだろうか。

包丁の根元のほうで皮を剥いていくが、どうやっても分厚くえぐってしまい、完全に剥き終わったときには、3回りも小さくなっていた。一口よりも小さい。2個目からは皮を剥かず、4等分に切り分けることにした。

にんじんは皮に栄養があると書いてあったので、安心して皮を残す。輪切りにするが、先っぽは捨てるべきなのかがわからない。料理の中であんまり輪切りの先っぽを見たことがない気がする。迷った末に、ちょびっと切り落として先っぽは捨てた。

玉ねぎは、茶色い皮を一枚剥ぐと、白くてとてもきれいだ。1枚目は日焼けなのか？　なんで色が違うんだろう。

ブロッコリーは、木みたいだ。どこに生えてる野菜なのだろう？　自然界のどこにどんな状態で存在するのか、見当もつかない。

きのこが土台でつながっていることも初めて知った。しめじに限った話なのだろうか。それなのに、裂くといとも簡単に裂けてしまう。裂いて食べられる用に裂けやすくなっているのではないかと思うくらいだ。

具材を切り分け、ソーセージと一緒にお鍋に入れ、水とコンソメを投入。

いよいよガスコンロに火をつける。この前コンロの掃除をしたので、今回は一気に火がついた。小さな火がシュボボボボッとすべて揃うと、とても気持ちがいい。

ここで一度、スマホでレシピの確認。買う予定のなかったブロッコリーは、後から入れたほうがいいらしい。今さらだが、まあ仕方ない。

問題は今回の主役・ローリエだ。

ある程度野菜が煮えてきてから入れて、少ししたら取り出すと、だいたいのレシピに書いてある。

出番、少なすぎじゃない？　そんな出番で何ができるんだ？

臭みを取るとか、香りが違うとか、いろいろ言い訳じみたことを書いているけど、本当か？

そもそも臭みってなんだ？　長く入れすぎるとえぐみが出るとの注意書きもある。効果が怪しい上に、扱いも難しすぎる。

本当はみんな、うっすらローリエに大した効果はないと知っているのに、言いだせずになんとなく入れ続けているのではないか。きっと暗黙の悪しき風習の一つに違いない。目立った悪さをしない風習だから、誰にも何も言われていないだけなのだ。

そう思うのならローリエを入れなければいいのだが、そうはいかない。料理長とはいえ、僕は初心者だ。初心者は初心者らしく、一度すべてを指示通りにやってみるべきだ。それが初心者の正しい態度だ。

初心者が初心者の立場を忘れると、ろくなことがない。そう。ろくなことがないのに……。

グツグツいいだした鍋に、ローリエを一枚入れる。

入れるというより、のせる？　泳がす？　上のほうでプカプカ浮いているだけだ。

乾いた葉っぱにできることなんて、秋を感じさせることくらいだろうに、煮込み料理のキーマンの役割なんて、君には重荷すぎるのではないか。背伸びをして恥ずかしくないのか。

一年生のときに代官山へ行って、あまりにおしゃれな街並みに呑まれて汗が止まらず、結局一軒も店に入れずに帰ってきたことを思い出す。あのときも、背伸びをして恥ずかしかった。

冒険気分だったのに、ローリエのせいで現実に引き戻されてしまった。そろそろ鍋からローリエを取り出す時間だ。

おい、ローリエ。ポトフという代官山はどうだった？

恥ずかしくて悔しかっただろう。君はポトフのキーマンというかっこいい立場を気に入っているのかもしれないが、その立場こそが君を苦しめているのではないのかい？

さあ、味見だ。おたまでスープをひとすくいし、熱さに気をつけて口へ運んでみる。

ほう、うまい！

何がどううまいかまではわからないが、とにかくうまい。ホッとしみわたる優しい味。ポテトチップスを食べて優しさを感じたことはないから、これがローリエの力か？　ロリーエによってコンソメが本来の姿に戻ったのか？

たぶんそうだ。二つの相性の良さがもたらした優しさだろう。

コンソメとローリエ、すごいじゃないか。悪しき風習なんて言ってごめん。

もしかして、あのとき代官山を歩き続けていたら、その先に何かあったのかもな。今度、代官山へ冒険しに行くか。

♪ピロローン

ご飯も炊けた。さあ、夕飯を始めよう。

部屋にいる妹に台所から声をかけるが、返事がない。もう一度声をかけると、「ちょっと待って」と返ってくる。

以前までは僕も、母に呼ばれたとき、妹と同じように「ちょっと待って」と言っていた。特に気にしたこともなかったが、今ならわかる。このちょっとは、ちょっとではない。できたてを、今食べてほしい。この今を逃してほしくない。そんな気持ちで呼んでいたのだ。

後悔しつつも耐え切れずに妹を呼ぶ。

「香織！　香織！　早く来いよ」

妹は、「絶対勝ってたのに」とブツブツ言いながら台所にやってきた。すべての不機嫌は、この優しいポトフが包み込んでくれるだろう。

「え～すごい！　ポトフだ！　でも、作りすぎじゃない？」

「おお！　そうポトフ！　知ってたか！　量のことはいいんだよ」

妹はポトフを知っていた。同じ食卓で同じものを食べてきたはずなのに、なんでこの差が生まれるんだ？　実は母が前に作ったことがあったのか？

母の実家からよく祖父の野菜が送られてきていたから、可能性はあるがまったく記憶にない。人の優しさと同様、優しい味も気がつきにくいものなのかもしれない。

「いや、別に。すごいっていうか、スーパー行ったらローリエ？　ローレル？　月桂樹？が偶然あったから」

「だいたいどこの店にもあると思うけど。定石じゃない？」

こいつ、ローリエまで知っている。どこの店にもあるのか？

「まあローリエ？　ローレル？　月桂樹？を使うならポトフがいいかなと思って」

「そうなんだ」

「日本語だと月桂樹って名前の葉っぱなんだけど。マラソンで優勝した人が、頭に葉っぱの冠つけてるイメージない？」

「あ〜、つけてるね」

「その葉っぱがローリエ？　ローレル？　月桂樹？　そういうところにも使われてるから、まあ葉っぱ界のエリートだな。他の葉っぱとは実績が違う。それがローリエ？　ローレル？　月桂樹？」

「ふーん、そっか」

さっき仕入れたばかりの知識を披露するが、あまり反応がよくないので少し焦る。

「そんなローリエ？　ローレル？　月桂樹？を使ってるとはいえ、今日は時間がなかったから、簡単にできるものって感じで、ポトフにした。金曜の夜なのに手抜きで申し訳ないな」

「金曜の夜は関係ないけどね。まあ、手抜きだとは思わないし」

「味はローリエ？　ローレル？　月桂樹？がコンソメの長所を引き出してるから、悪くないと思う。野菜を食べたほうがいいしな。まあサクッと作ったから、サクッと食べちゃえ」

買い出しから何から、結構大変だったが、「サクッと」と表現する。大変だったことを言っても仕方ないし、言いたくもない。実際、「サクッと」の範囲だとも思う。

今後は、誰かが「サクッと」と言うときは、しっかりとその苦労に思いを巡らせよう。


「ありがとう。いただきます」

「……お、おお」

「いただきますにいちいち反応するなよ」

そう言われても、ニヤけてしまう。

食べてくれるというだけで、なんでこんなにも嬉しいのだろう。

「おお。まあサクッと作ったから、サクッと食べちゃえ」

妹がポトフを口にする。それを見てから僕も「いただきます」と言って、食べはじめる。

「コンソメって味が薄くなりやすいしさ、濃くするとノドに引っかかる感じがするから、意外と味つけ難しいのに、これはちょうどいい。すごいね」

そういうものなのか？　優しさの塩梅は、料理も人間も難しいのかもしれない。

ちょうどいい味にできたのは嬉しいが、何かが違う。ただ、何が違うのかはわからない。

「ブロッコリーがやわらかくておいしい。しっかり煮込んだね。おいしいよ。ソーセージもジュワッとしてていいね」

妹は褒めてくれるが、ポトフとご飯を交互に食べ進めていくうちに、どうも違和感を感じる。確実に何かミスをしているが、それが何かわからない。

「そうそう、猫好きな同級生に聞いたけど、スーパー誠実屋の近くに小さい神社あるでしょ？　あそこに猫がいるって。でも人見知りだから、撫でるとかは無理みたいよ」

へえー。神社にいる猫っていいじゃないか。

もっと詳しく聞きたいけど、違和感が会話の邪魔をする。この正体はなんだ？

「まあ、ポトフはご飯に合わないかもね」

それだ！　どんなおかずもたいていご飯を食べて1ターンが終わるのに、ポトフはご飯にいくタイミングがこない。優しい味はいいが、ご飯が進まないのは困る。

「ポトフにはパンのほうが合うね。あ、食パンあったじゃん。食パン食べれば？」

「香織、食パンは夜に食べたらダメなんだよ」

妹が不思議なことを言いだしたので、たしなめてやる。非常事態だが、ここは料理長の自分が冷静にならなければ。冒険には宝物がつきものだ。野菜の中でおとなしくしている……そう、あいつがいるじゃないか。

「ソーセージならギリいけるか！　これならご飯が進むな。いや……やっぱりちょっと厳しいか。無理だな。このポトフは失敗だな」

ソーセージ自体はおいしいが、全体の味が優しすぎてご飯のおかずにならない。この優しさは、過保護の優しさだ。

「え、全然失敗してないよ？　おいしいじゃん」

「いいって、無理するなよ」

「はあ？　この私がおいしいって言ってるんだからさ。具材をちょっと大きく切りすぎなこと以外は問題ねえよ」

妹が、作った僕をかばうためなのか、僕の言葉に怒ってくる。どっちも僕なのだから、今の僕の意見に賛同してくれてもいいじゃないか。

「でも、ご飯に合わないからな。これは大問題だろ」

「なんの問題もねえよ。食パンを食べたらいいだろ？　何回言わせるんだよ」

「香織、とぼけたことを言うな」

「とぼけたこと？　何を言ってるの？」

「だって、夜はご飯食べないと腹いっぱいにならないだろ！」

「腹いっぱいになりたいなら、ポトフだけ食べればいいじゃん。こんだけたくさん作ったんだから、腹いっぱいになるだろ」

妹は、屁理屈をこねまわす。こうなった妹と向き合うのは得策ではない。

「何スカしてるんだよ！」

「香織がとんちんかんなこと言うからだろ」

「とんちんかん？　別に、夜にご飯食べなくてもいいだろうが」

「俺、夜はピザでもご飯は食べたい派だからな」

「そんな派閥ねーよ」

派閥はないかもしれない。ただ、ご飯は食べたい。夜はご飯を食べるためにあると言っても過言ではない。ポトフ自体はおいしいが、夜はご飯が進むおかずがほしいのだ。

ご飯に合わない料理は、夜ではなく別の時間にその能力を発揮してほしい。

「はあ……。味見したときはおいしかったけどな。ご飯の横にくると話にならないな」

「私はおいしく食べてるんだからさ、そういうこと言うなよ」

「結構時間かかったのにな」

「サクッと作ったって言っただろ。そこは意地張れよ！」

「意地張ってるのはポトフだよ。ポトフはご飯を引き立てる立場をわかってないというか。自分だけよければばって感じなんだよな〜」

「それだったら、ご飯も立場わかってなくない？」

「ご飯が立場をわかってないなんてことあるわけないだろ！」

「そのテンションなに？　壮太の言うご飯って、自分に合わせろって感じじゃん」

「ご飯が自分に合わせろ？　ご飯は、そんな横柄じゃないけどな」

「相手がポトフなら、それに合わせて変えないとさ」

妹は席を立って冷蔵庫のほうに行ってしまった。

「結構時間かかった」は失言だった。でも、うっかりそんな発言をしてしまうくらい、ポトフはご飯に合わない。ポトフがご飯に合わせてくれないだけなのに、ご飯が悪いと言われる始末。

ポトフを作った僕のことをフォローしてくれているのだろうが、もういいから引き下がってくれ。冷蔵庫の冷気で頭を冷やしてくれ。


すると、戻ってきた妹が目の前にバターと醤油を置いた。

「ご飯にかけて、食べてみて」

言われるがままに、バターをひとかけらご飯の上にのせる。バターがご飯の温かさで溶けていく。そこに醤油をかける。妹が目で食べろと訴えてくるので、一口運ぶ。

う、うまい。こんなにもうまいのかと思うほど、うまい。

ただ、うまさが強すぎる。強すぎた結果、自然とポトフを口に入れていた。ポトフが本来の優しさを発揮して、口の中を癒やすように広がる。すると、またしても強い味が欲しくなり、バター醤油ご飯を口に入れてしまう。

「すごい食べるな」

「これだと自然にいけるな。バター醤油ご飯のガツンとしたうまさの後だと、ポトフの優しさがちょうどよく感じ

る」

「なら、よかったけど」

「すごいな。うま！　うま！　ご飯が歩み寄ると、こんなにうまくいくんだな」

「それもこれも、ポトフがおいしいからだと思うよ」

「しかし、こうなってくると迷うな……」

「何が？」

あまりにもおいしかったので、つい口を滑らせてしまった。

「ここだけの話な、ポトフってシチューに変身するんだよ。だから明日の昼はシチューにしようと思ったんだけど、ポトフだけでこんなにうまいと悩むな～」

「へえ～！　だからこんなに作ったんだ」

「そういうこと」

「シチューにするならパン買ってこようかな。昼ならパンでもいいんだろ？」

「昼なら大歓迎よ。ポトフがシチューに転生するなんてすごいよな。明日の昼までごちそうさま言えないな」

「それはいいんじゃない？　毎回ごちそうさまを言えば。ポトフにも、シチューにも。それに、壮太にも」

「そっか。にしても、ご飯の立場を少しだけ変えたら、こんなことになるんだな」

ポトフは、ずっと優しい味だった。その優しさを受け入れられなかったのは、自分自身だ。

優しさを疑ってしまうときも、信じきれないときもある。

今度優しさを向けられたら、受け入れて歩み寄ってみよう。


それから、祖父が好きなヒマワリを飾ろうということになって、明日、パンを買った後にフラワーショップ「リンリン」に寄ろうと話した。妹の同級生の猫好きな男子の話や、白い靴のはかなさについても話した。

ポトフの優しさに包まれた何気ない会話は、この冒険で得た宝物のひとつだ。

妹が、意識的にか無意識にか、彼を「猫好きな男子」としか呼ばないのが、少し気になる。

「ごちそうさまでした」

「おお、なんて言えばいいのかな。ありがとう」

「毎回照れるなよ」

それは無理だ。

「いや、まあ、明日の昼のシチューが本番だから！　楽しみにしておけよ」

「わかった。楽しみにしてる。お父さんも一緒に食べられるのかな？」

「明日はいるんじゃない？　だけど、食べてもらうの緊張するな。シチュー好きかな？」

「お父さんは、何を食べてもおいしいとしか言わないから、大丈夫でしょ」

「そっか。うーん、でもそれだとなんか違うんだよなあ」

「面倒くさいなあ。でも、お父さん最近ちょっと痩せたよね？　ちゃんと食べてるのかな？」

「痩せたかな？　外で食べてるって言ってたけど」

「本当に食べてるのかな？」

「そう言われると気になるけど、あんまりこっちから言うのもな」

「まあね。心配されるの嫌がってるよね」

「そうそう。そんな感じあるじゃん」

中学校に入った頃から、だんだんと父との会話は減っていった。2人でいるとき無言の時間が過ぎるのも気まずくないくらいに、自然と減っていった。

僕が料理を始めたことは知っているだろうが、こちらからは言っていない。そんな父に、シチューを食べてもらう。

そう考えると居ても立ってもいられず、すぐに作りたくなった。

カレーは一晩寝かせた2日目のほうがうまいと聞いたことがある。

「カレーは1日目からうまいのに、何を言っているんだろう」と思っていたが、今はその理論を応用させてもらおう。

きっとシチューも同じだ。

シチューの箱を見ると、弱火で煮込むと書いてあった。ルーを入れて弱火にかけ、その間に洗い物をするが、沸騰する様子はなく、少し湯気が出ているくらいだ。ルーの溶け具合もイマイチに見える。

結局、我慢できずに中火にした。中火にすると、途端にグツグツという音の勢いが変わる。色合いも、どんどんシチューのそれになっていく。

料理は見た目が大事だと聞くし、変化のスピードは速いほうが楽しい。あとは一晩置いておくだけだ。

明日が楽しみで仕方ない。


早めに布団に入り、眠ろうとする。入眠の最初のタイミングをギリギリで逃すが、まだ大丈夫。

だが、二度目を逃すと本格的に眠れなくなる。

明日がくるのを待ち望んだのは久々だ。ここ最近は、明日に期待することはなかった。それどころか、起きたらまたこの気持ちになるのか、と憂鬱だった。

今日までは耐えられた。でも、明日起きてまたこの気持ちになると想像すると、キツかった。

楽しかった出来事は、状況が変わって痛みを伴うようになった。だとすれば、苦しい日々も状況が変われば、喜びを伴うのだろうか。

2度目のタイミングで、なんとか眠りにつく寸前まではいっていたと思う。


突然、キッチンからガラーン！と轟音が響く。

睡魔が一瞬で消え去るような轟音。家が揺れているわけではない。急いで部屋から出ると、妹も血相を変えて出てきていた。

あわててキッチンに押しかけると、父が倒れている。

血の気が引いた。一秒もないはずの時間が、ちっとも進まなかった。

すると、父がこちらを見て、ぼーっとしている。どうやら深刻な事態ではなさそうだ。

不思議なもので、ホッとしたら視界が開ける。父の周りには、シチューの鍋と皿が散らばっているではないか。

「何してるんだよ！」

いてて

父はシチューを全部食べていた。食べ終わって片付けようとしてコケたのだろう。酔っているのか、事の重大さに気づいていないようだ。

「結構な量あったのに、全部食べちゃったんだ……。明日3人で食べようと思ってたのに、ひとりで全部食べたんだ。お父さま、嫌悪感という感情を教えてくれてありがとうございます」

こういうときの妹の嫌みは容赦がない。これは嫌みなのかな?と疑う余地のないダイレクトな嫌みを、ちゃんと嫌な雰囲気で言う。

「ご、ごめん。じゃあ明日、寿司でも食いにいくか！　久々にな」

妹の嫌みで酔いが冷めたのか？　寿司というキラーフレーズを持ち出して場を収めようとする父。たいがいのことは寿司を出されたら引き下がるが、今回ばかりはそうもいかない。

明日の父に食べさせたかった。話をしながら、一緒に食べたかった。このシチューは、今日の父に作ったものではないのだ。

「ごめん……。どんなもんかなと思ったら、すごくおいしくて。ごめんって」

すごくおいしい？　酔ってるのに味がわかるのか？

確かに、母の料理をいちばん長く食べているのは父だ。父なら酔っていても味はわかるかもしれない。

「ああ。すごくおいしくて、味が深くて、なんだろう。なんでこんなに味が深いんだろうって食べてたら、気がついたらもうなくて……」

味が深い？　具体的にどういうことなのかわからないが、褒め言葉であることはわかった。

味が深い。なんともいい響きだ。

「一晩寝かせたほうが深くなるけど……。別に、腹減ってるならそう言えよ。2人分作るのも3人分作るのも一緒なんだから」

「え？　ありがとう。いや、本当にごめん」

「別にいいよ。シチューなんてすぐ作れるからさ」

「ごめん。でも、本当においしかったんだ。ごちそうさま」

怒りはまだ収まらなかったが、「おいしかった」のひと言に正直ニヤけてしまう。

妹は僕の顔を見て、あきれた顔をして自分の部屋に戻っていく。もしかしたら、僕より怒りを前面に出すことで僕の気持ちを抑えようとしてくれたのかもしれない。

なんだか照れくさくなって、「おやすみ」とだけ言って部屋に戻った。


母の料理を食べられないのは、父もつらいはずだ。

でも、父にも立場がある。つらいとは言い出せないのかもしれない。

僕にとって父はずっと父だが、父は父になる前、どんな人だったのだろう？

僕にもいつか父になる日がくるのだろうか？

僕と一緒でいいと思ってくれる人が現れるのだろうか？

一瞬浮かんだ顔を慌ててかき消し、僕は布団にもぐりこんだ。

第④話

からっぽのシチュー鍋と父の気持ち

〜父・ひろしの場合〜

「不倫してるように見えるのかな?」

一杯目のビールを飲んでいるときに社長からそう言われて、一瞬言葉に詰まる。いつからか、女性を女性としてではなく、人間としてしか見ていない自分に気がつく。性別や見た目、年齢などが気にならなくなっている。

いい年齢の男女が2人で飲んでいると、そう見る人もいるのか。

社長は有名人と付き合っているという噂もあったし、大学生にナンパされたという逸話も聞いたことがあるので、客観的に見てきれいなのだろう。そんな人と不倫しているように見られるのは、悪い気はしない。

まったく不倫をしているように見えないのは、見た目が悪いと思われているのと一緒だ。見た目に気を使っているわけではないが、悪くよりはよく見られたい。なぜこの年にもなって、努力も気使いもしていない部分を評価されたいと思ってしまうのだろうか。

実際、周囲の客からはどう思われているのだろう。気になって辺りを見回すと、カウンターでスマホを見ながら飲んでいるおじいさんと、テーブル席で熱く語り合っているおじいさんたち。店の大将は串ものを不愛想に焼いている。

「私はオカマなのに、世間は私をオカマと名乗らせてくれない」

「あんたはオカマじゃないよ。人間だよ」

「え? 人間やだ~」

女将さんは手を叩いて笑いながら、〝人間〟と難しい話をしている。つまり、誰もこちらを見ていない。


「なんか言ってよ」

「誰もこっちを気にしてませんね」

社長は、何か言いたそうにビールを飲む。

週明けに「金曜の夜あいてる?」と聞かれた。社長からの誘い自体が珍しかった。壮太と香織が家で待っていれば断ったが、家にはいても私の帰りを待っているわけではないので、「行きます」とふたつ返事で引き受けた。

「社長って、こういう店くるんですね?」

「こういう店?」

「庶民的というか……。社長のイメージになかったので」

「どういうこと？　イメージを持つってセクハラだよ？」

社長へのセクハラって成立するものなのか？

どこのブランドかはわからないが、明らかに高級感がある生地の服を着ている社長と、ビール380円の居酒屋。この組み合わせはイメージできない。社長が行くのは、もっとそれらしさにあふれた高級な店をイメージしてしまう。有名人が来ていてもそっとして、サインをねだったりしないような店だ。

「若いときは行ってたけどね。お酒飲んだりご飯食べたりするときは、落ち着くところを選ぶようになったかな」

この店には一切の緊張感がない。大将も女将さんも、〝接客〟という概念すらなさそうな態度だが、気を使われないという心地よさは確かにある。


「好きなもの頼んで」

「おすすめありますか？」

「なんでもおいしいけど、じゃあ堀内スペシャル」

堀内スペシャル？　食べ物につける名前ではない。何が出てくるかわからないが、言われた通りに注文してみる。

大将は返事の代わりに、面倒くさそうな顔をこちらに向ける。女将さんはこちらを気にすることなく、相変わらず〝人間〟と話し込んでいる。

まもなく大将がこちらに来て、がさつに皿をテーブルに置いた。

「これ、客が勝手にそう呼んでるだけで、〝ことみとしらすのごま油あえキャベツ〟って名前があるから」

堀内スペシャルと呼ばれることに納得していないようだ。

「堀内さんが考えたんでしょ？　堀内スペシャルでいいじゃん。スペシャル堀内でもいいか」

カウンターのおじいさんが口を挟んでくる。

「こんなもん家で作れるんだから、わざわざ頼むもんでもないだろ」

居酒屋の店主としてあるまじき発言で言い返し、より不機嫌な顔をして去っていく。

大将の言う通り、赤シソのふりかけ「ことみ」と、しらすにごま油をあえたドレッシング風のものが、キャベツにかかっているだけ。これなら食べても腹具合に影響なさそうだ。

うまい。ごま油の香りを、しらすの塩味とことみの塩味が支えて、輝かせている。その後に、しらす特有の味の解放がやってくる。しらすの解放を、ことみの赤シソの清涼感がさらに盛り上げる。一つひとつはすべて食べたことのある知った味なのに、この組み合わせは新鮮だ。

「堀内スペシャルおいしいでしょ？　豆腐にもパスタにも、ご飯にもなんにでも合うんだよ」

確かに、これならどんな食材も引き立ててくれるであろうことが想像できる。さすが堀内スペシャルと呼ぶべき逸品だ。

味わっていると、大将が来て「お通し」と言い、小鉢を置いて立ち去る。ビールや一品目よりも遅れてくるお通しだ。小鉢の中には、うす紫色の塊。これが何かと尋ねようと大将を見やるが、大将の背中は話しかけるなと語っている。

「これ何？　初めてなんだけど」

社長が女将に話しかける。

「野菜のなめろうよ。今日はナス」

なめろうなら、アジがよかったな……。期待せずに、ナスのなめろうを口に運ぶと、あ、うまい！

アジのそれよりもネギやみょうがなどの薬味の風味が鮮やかで、味の余韻も生き生きとしている。ナスが薬味を従えているというよりは、ナスが薬味を支えている。

脇役がおらず、全員が主役になる味。これがお通しで出てくる店はうまい店だ。

「今日はナス」と言っていたので、他の野菜の日もあるのだろう。食べてみたい。せめてなんの野菜を使うのかだけでも知りたい。いつでも注文できるように、野菜のなめろうはお通しではなくメニューに入れるべきだ。

それに、お通しには堀内スペシャルのほうが合う。どちらもおいしいが、堀内スペシャルは「知り合いが描いた絵が、想像よりもきれいだった」という喜びに近く、ナスのなめろうは、「美術観で絵画を見てつい立ち止まってしまう」という喜びに近い。

メニューを見ると、手軽だが組み合わせの妙を突いた料理がずらりと並ぶ。

「チーズの焼き海苔巻き」「燻製ポテトサラダ」「ミニトマトの浅漬け」「豚バラの唐揚げ」「豆板醤ハヤシ」「関スペシャル」「そ」「おでんのピカタ」「タコめし」……。

え、「そ」？　「そ」ってなんだろうか？

堂々と「そ」と書いてある。他のメニューの字よりも大きく書かれているので、「そ」に続く文字が消えてしまったわけでもなさそうだ。その前の「関スペシャル」もだいぶ気になるが、やはり「そ」だ。

「そってなんですかね？」

社長に聞いたら、女将さんが「そは、昔の勝ち組の象徴よ」と口を挟んだ。説明としては雑すぎる。

「奈良時代の高級品。朝廷に献上するんだけど、うまくできないと棒で叩かれるのよ」

1300年前のことを、さも体験したように話すので驚きが薄れる。そんな特殊なものを、説明もなくメニューに並べていいのか？

「棒で叩かれるって、痛そう」

「オカマじゃなくて人間」と言われていた客は、当たり前のことを深刻に言って顔をしかめている。

「棒で叩かれるのは痛いよ」

カウンターのおじいさんは、当たり前のことを優しく言って頷いている。

「勝ち組の象徴みたいなもんを、今は毎日食えるんだから、大したもんだよ」

大将が口を挟む。

「勝ち組？　今で言うとドレスみたいなもん？」

「いや、ヘリコプターじゃない？」

「クルーザーとかじゃないの？」

「私、船酔いひどくて、クルーザー無理」と〝人間〟が話を奪う。

いや、もっと「そ」について聞きたい。「そ」に時間を割いてほしい。

「海釣りしてて、落ちたことあるよ」と、おじいさんがすかさず自分の話に持っていく。かつては勝ち組の象徴だったものでも、時間がたつとこの扱いだ。みんな好き勝手に自分の話をしている。

自分の話をしたい気持ちは理解できる。年を重ねると、ムダ話をする機会が減るからだ。

立場上しなければいけない建前の発言や、単なる知識を語ることはあるが、そんなものは近い将来、AIにすべて奪われるだろう。「自分」としての発言を聞いてもらえるのは、ますます贅沢なことになるはずだ。

そのせいだろうか、自分としての発言を求められたとき、せめて有意義な話をせねばと思い、知らず知らずに上から目線の説教じみた話をしてしまう。気がつけば相手は興味ない顔をしていて、途端に無口になっていく。それでも、話したいという欲求は尽きないからやっかいだ。

無口を演じることはできるし、誰彼構わず文句をつければ、一応会話はできる。でも、ここにいる人たちはそれに逃げず、似た者同士で集まり、自分のことを話すだけの、会話になっていない会話を楽しんでいる。

傍から見たらただ酔っ払いがクダを巻いているだけだが、彼らは会話よりももっと大事なコミュニケーションを取っているともいえる。生きている証しの交歓をしているのだ。

料理以外に褒めるところがない、この「堀内関」という店が不思議と居心地がいいのは、自分も誰かに話を聞いてほしいからなのだろう。

社長は、本腰を入れて飲むことにしたのか、腕まくりをしながらメニューを見て、次の飲み物を考えている。

「おかわりしますか？」

「バイスサワーにしようかな？　生井さんは？」

「バイスサワーいいですね」

「何か食べたいものあれば一緒に」

「バイスサワー2つと、『そ』をひとつください」

すると、女将が笑った。

「『そ』は今ないの。今度くるとき、先に言って。作っておくから」

「『そ』はなくても酢はあるでしょ？」

「朝、必ず飲むようにしてる。それで血圧下がった」

またしても他の客が口を挟んできて、話題は目まぐるしく変わる。

「そ」はないのか。ないとどんなものかが余計に気になる。

大将と女将は、2人とも料理をするのだろうか。「堀内関」の「関」は、相撲取りに憧れたとかではなく、女将の名字なのだろう。大将と女将は一体どういう関係なのだろう？　夫婦と考えるのが普通だが、大将と女将からは夫婦独特の雰囲気を感じない。もしかして、不倫？　ただの仕事仲間？　気になる。

大将が不機嫌にバイスサワーを持ってくる。

「こんな子供だまし、よく飲むな。酒に味いらないだろ」

大将はいちいち悪態をつかないと何かが収まらないのだろう。

悪態をついて、今までうまくいってきたのだろうか？　もしくは、隙を見せたら終わってしまうような過酷な生活を送ってきたのだろうか？

気分は悪いが、それもまたひとつの生きてきた証しではある。

バイスの酸っぱさを楽しみたかったのに、焼酎が濃い。酒を飲んで歯を食いしばったのは、久しぶりだ。

「ここはだいたいいつもこんな感じだから」

「気楽でいいですね」

「よかった。少しは落ち着いた？」

「落ち着いた、というと」

「家のこととか」

「まあ、2人とももう大人っちゃ大人なんで」

「高校生と中学生だっけ？　それなら、そこまで手はかからないか」

「そうですね。朝、米といで、土日に洗濯と買い出しくらいやれば」

「くらいって、結構やってない？」

「まあ、やってみたら別にそんなに大変じゃないというか」

「そっか。ならいいけど、無理はしないでね」

珍しい誘いだと思ったが、私の事情を気にしてくれてのことだったのか。どういう話になってもいいように、この店にしたのだろう。この店なら、多少湿った話題でも似合う。かなり重たい話でも、生きている証しとして話せる。その配慮がありがたい。

酒の濃さに、思わず胸のうちに閉じ込めていたものが開けられて、気がつけば自分の話ばかりしていた。

「高校生で料理始めたの？　それって結構すごくない？」

「部活やめて、夕飯を作りだして、2人でメシ食ってるみたいなんですよ」

「素敵なお兄ちゃんだね」

「まあ、そうなんですけど、学生は勉強したり遊んだり、お金より時間のほうが大切というか……。お金のこととか気にして作ってるなら、それは違うというか」

「高校生なら家計のことも考えるか。お金を気にしてやってる感じなの？」

「いや、それもわかんなくて」

「わかんなくてって、聞けばいいじゃん」

「聞けたらいいんですけどね。聞けないですよ。会話もそんなにしないですし」

「いや、でも聞くだけでしょ」

「だけって……。だけなんですけど、それが難しいんですよね」

「父親なんだからさ」

「父親にいちいち言われたくないだろう、とか考えちゃうんですよ」

「まあたしかに、私もそのくらいのとき、父親に何か言われるのは嫌だったかも」

誰にも言えなかった、誰にも聞かれなかったことを話している。

バイスサワーから酎ハイに替えて話を続ける。

社長は酔って暑くなったのか、シャツの第一ボタンを開けていた。

「まあ、お金のことを気にして料理を始めたんだとしても、素敵なことだけどね」

「いや、でも親としては……」

「まあまあ、立場によってかな。私から見るとよ。お金のためでも、素敵なことしてると思う」

「素敵ですかね？　自分たちのぶんしか作らないんですよ。私のぶんは作ってくれないんですよ。それでも素敵ですかね？」

「お父さんのぶんは作りたくないって言われたの？」

「そんなことは言われてないですけど。私が食べたい気持ちを察して、作ってくれてもよくないですか？」

「察するのは無理でしょ」

家族なのに、無理なのか？

家族だから、無理なのか？

食べたいに決まっているだろう、と察してもらうことも無理なのか？


「ご飯ものも注文してよ。いっぱい食べて」

メニューにあった「豆板醤ハヤシ」が、よくも悪くも気になる。ハヤシライスだと思うが、ハヤシのウリは辛さではなく、後味の甘さとコクではないのか。辛くしてどうするんだ。それならカレーでいいのではないか。食べてみて、「カレーでいいじゃん」と確かめたい。でも、頼めない。

「え、待って。全然食べてないのって、夕飯を期待してるから？」

「頭ではわかってるんですけど、今日は作ってるかもしれないと思うと、食べる気がしないんですよね」

「それで痩せたんだ？」

たしかに少し痩せた。我慢していたのではなく、前向きな気持ちで食べずにいたら痩せただけだ。痩せたいと思ってるときは痩せず、気にしてないときに限って痩せる。

「あまり見た目のことは言わないほうがいいけどね、痩せたよ。キリッとしてていいと思うけど」

「朝と昼はがっつり食べてるんですけどね。夜食べないと痩せるんですかね」

「夜は全然食べてないの？」

「スープだけ飲むと眠さが勝って。朝、空腹で起きるから寝起きがいいんですよ」

「あのさ、今日も絶対作ってないから食べなって」

「いや、大丈夫です」

「作ってって言ってないんでしょ？」

「言ってないですね。言えるわけがない、のほうが正しいですけど。でも、食べてみたいですよね」

「絶対作ってないよ、作ってない！　だからなんか注文しなって」

「万が一作ってたら、ベストな状態で食べたいんで」

「この話の始まりってさ、家計のことを気にしないでほしいって話じゃなかった？」

「そうですよ。子供たちには自分のことを存分にやってほしいです」

「でも今、言ってるの食べたいばっかりだよ」

「え、え、そんなことないと思いますけど」

「途中から食べたいしか言ってないよ」

「え、そうでした？」

「うん。食べたいしか言ってない」

壮太には家のことを気にせず、好きなことをして欲しいという思いは建前なのか？

父親の矜持だと思っていたことが建前なのか？

私はただ、息子の作ってくれた料理を食べたいだけなのか？

食べたいという思いを、父親の立場という理屈にすり替えていたのか？


味のないチューハイが、苦みを伴ってのどを通っていく。

「飲みっぷりはすごいよね。はぁ〜、私も結構酔ったかも……」

「食べてみたいな。あ〜、食べてみたい」

「生井さんと飲んでると、ついつい楽しくて。普段はここまで酔わないんだけど……」

「食べてみたいな……食べてみたい」

「うん、そうだね。食べてみたいよね、うん」

「あいつが作ったもん食べてみたいですよ。食卓囲んだりもしたいですよ。したいですよ！」

「そっか……ごめん、私、子供いないからわからなくて」

「別に小粋なおしゃべりなんかできませんよ。最近どう？　くらいしか聞けないですけど。きっと盛り上がらないでしょうけど。それでもなあ……したいな。食べたいな……食べたい」

「そっかそっか。きっと、そこまで強く思ってたら叶うよ。きっと叶う。言ってみたらダメなのかな？」

「こんなこと言えないですよ。恥ずかしくて、言えないです」

「恥ずかしくて言えない、か。そうだね……立場もあるしね」

一瞬、社長の顔が社長でなくなった気がした。

社長も、店の大将も、女将さんも、人間も、日焼けしているおじいさんも。

みんな、それぞれの立場を生きている。立場によって言えない言葉を持ち、濃い酒でその言葉を溶かしながら、生きているのだ。


大将が面倒くさそうに、小皿を2つテーブルに置く。

「女将が作った、水ようかんのピンチョス。お嬢ちゃん、この男はダメだ」

ほぼ同い年の社長をお嬢ちゃんと呼び、私をダメだと言う必要があるだろうか。サービスを出すときは、より口を悪くしないといられないのか。

社長は、何も言わずにチューハイを飲み干す。私は何かがダメだったのだろう。大将は見てないようで見ているのだな。接客しないという接客なのか？　とはいえ、不機嫌でいい理由にはならないけれど。

それはさておき、水ようかんのピンチョスだ。水ようかんは夏にたまに食べていたが、お酒の後に合うのかは疑問だ。なにより、ピンチョスとはなんだろう。

リッツの上に薄く切られた水ようかん、クリームチーズ、ドライフルーツ、ナッツがのせられている。その上には謎の粉が振りかけられている。

口に入れて咀嚼すると、リッツの塩味が広がる中に、水ようかんとクリームチーズが混ざり合っていく。この2つの相性が抜群にいい。この相性だけで十分なのだが、同時にドライフルーツの凝縮された甘味とナッツの切れのいい香ばしさがうねる。

それぞれの食感がバランスよく立体感を演出する。立体感とともに、それぞれのうまさが踊る。飲み込む直前、その踊りを見ていた観客が割れんばかりの拍手をするように、謎の粉のスパイシーさが爆発する。

あまりにうますぎて頭を抱えてしまう。社長も頭を抱えている。

宇宙だ。そんな陳腐なたとえしか思い浮かばない。本物には陳腐なたとえしかしっくりこない。

こちらを見て、大将も女将もお客さんも笑っている。大将が優しさに溢れた笑顔を見せたことにもびっくりしたが、それよりも、まだ口の中に広がる宇宙にすべてを支配され、頭を抱えることしかできない。

「みんな、初めて食べると頭を抱えるんだよ」

「飲み込むときに、ナツメグが効いてるんだよな」

「口の中が面白いんだよね」

それぞれ、ナツメグだ。水ようかんのピンチョスの味を称えることで、この日初めて店内の会話がひとつに噛み合った気がした。

水ようかんのピンチョスは、こんな雑多で庶民的な店ではなく、デパ地下のショーケースの中に置かれているほうが似合う味だった。勝ち組の象徴という意味では、現代の「そ」だ。

勝ち組という単語は使い勝手がいいが、決していい言葉ではない。裕福は、勝ちに近いが勝ちではないし、そもそも人生に勝ち負けなどあるのかというとても浅い疑問がよぎる。勝ち負けなんてないと思いたいが、水ようかんのピンチョスには、勝って得られる称賛を得て欲しい。

水ようかんのピンチョスは勝ち組ではなく、さしずめ「価値組」か？　いや、そうなると「無価値組」を生み出してしまう。どんなものにも価値があるわけだから、無価値組など存在しない。

どうすれば周囲を下げずに水ようかんのピンチョスだけを褒めることができるだろうか。帰りの電車で、ずっとそのことを考えていた。


駅に着き、改札を出たあたりで、空腹と酔いが同時に襲ってきた。視界が歪み、足元がおぼつかない。それなのに、頭は「腹が減った」しか考えてくれない。

牛丼屋か蕎麦屋に入ろうかとも思ったが、どちらもそれなりに混んでいるし、この酔い方で満腹になったら意識が飛ぶ可能性もある。それに、壮太が夕飯を作っているかもしれない。我慢して家に帰ったほうが賢明だ。

駅前を抜けて住宅街に入ったところで、第三の刺客〝尿意〟が突然襲ってきた。駅に戻って、店に入るか？　だがこの距離を戻るのは心理的にキツい。もう少し早く尿意が来てくれていれば……。

自宅まで徒歩10分。もう歩くしかない。よろけながら進むが、一歩一歩の振動で刺激される膀胱。1秒ごとに頭をよぎる「腹が減った」という気持ち。千鳥足のせいで、いつもの距離を遠く感じる。一度遠いなと認識してしまうと、酔いに押しつぶされて、諦めて寝てしまいたくなってくる。いやいや、路上で寝るのはダメだ。

腹が減った。トイレ行きたい。寝たい。

どれかひとつでも強敵なのに、3つ同時はあり得ない。こんなことが日常で起きていいわけがない。神様よ、この試練は何のためにあるんだ？　説明してみろよ。説明できないだろ。できないっていうか、本当はいないんだろ。どうなんだよ？　神様。

事態を大きくして怒りで立ち向かおうとするが、焼酎の濃さを調節すればこんなに酔わなかったし、ご飯ものを食べておけばこの空腹は避けられたし、改札を出る前にトイレに寄っておけばこの尿意はなかった。この問題を引き起こしたのはすべて自分だという負い目があるので、怒りがとても弱い。

こんなもの、何の役にも立たない。神様に八つ当たりをしただけだ。わかったよ。自分でなんとかするよ。思い返せば、今までもさまざまなピンチに見舞われてきた。

小学生のときは、野良犬に追いかけられたことがある。

中学生のときは、ベルトのデザインが凝っていて開けにくい新品のズボンを履いて出かけたら、腹痛に襲われたこともある。

高校のときだって、何かあったはずだ。

大学のときは、薬局に手荒れ薬を買いに行く途中に足をくじいた。

向かう先には、愛する息子と娘がいる。もう寝ているだろうが、愛する人が寝ている場所に戻れるというのは、いくつものピンチを乗り越えて生き延びてきた成果だ。


猫がこちらを見ている。帰路には似つかわぬ形相だったのでびっくりしたのかもしれない。猫に心中を読まれたくなくて笑顔を向けると、軽快な足取りでどこかに消えた。読まれたくないという気持ちを読まれたのかな。

もう少し、もう少しだ。この信号を渡れば家に着くのに。普段は意識することがない信号が赤だ。意識していなかったことへの仕返しか？　いや、でも信号無視はしていないのだから、その仕返しは逆恨みだ。逆恨みも、恨みか。

信号というのは安全のためにあるものだから、この状態の人間を立ち止まらせておくのは危険だ。目的と手段をはき違えている。信号はこれ以上進化しないのか。１００年後も今の自分みたいな人間を苦しめるのか？

ＡＩが人間の仕事を奪うと言われているが、ＡＩがまずすべきなのは、今ある機械の手助けではないのか？　奪うより助け合うことのほうが大事だろう。それがわからないのなら、知能なんて名乗るな。

進化を続けた結果、「人間はいらない」という結論が出たらどういう判断を下すんだ。そこで人間に手を差し伸べるなら、今からやっておいたほうがいい。手を差し伸べるには、不正解を受け入れる寛容さが必要だし、知能だけでは成功しないぞ。

長い時間思考を巡らせたはずなのに、青信号になる気配すらない。いっそ、渡ってしまおうか？　もしくはそこらへんで尿意だけでも処理するか？

不意に警官が自転車で通り過ぎる。現実に起きているピンチに加えて、警官に咎められるピンチまで想像して汗が噴き出る。

体の水分が汗に持っていかれたのか、一瞬、尿意の波が収まり楽になった気がする。だが、この束の間の波を越えたら、再びピンチのビッグウェーブがくるのは経験上知っている。コンマ何秒を争う時間との戦いだ。

今のうちにカバンの中から家の鍵を手繰り寄せておく。鍵を見つけられずにタイムオーバーになったら、玄関で惨事を引き起こしてしまう。そんな光景を愛する息子と娘に見られたら取り返しがつかない。

信号が変わり、競歩の選手も憧れるであろうフォームでラストスパートをかける。もう体が熱いのか冷たいのかもわからない。ちょっとした段差でフォームが崩れる。あと10メートルがものすごく遠く感じる。負けそうだ。

しかし、私は父だ。父親だ。お父さんだ。

野良犬に追いかけられ、大声で泣いた少年が、お父さんになれた。

新しいズボンを公衆トイレで洗ったことがあるが、父になった。

足を引きずってるのに手荒れ薬を求めて店員さんから訝しげに見られたが、父親だ。

ガチャリ。

靴を足で脱ぎ、明かりもつけずに歩きながらベルトを外し、トイレに駆け込む。

間一髪。

玄関のカギを閉めていなかったから、今、誰かが入ってきたら怖いなと思う余裕も生まれた。耳を玄関のほうへ集中させる。ここで気を抜かないから、今の立場になれたのだなと自分を愛でる。

尿意との戦いに勝利し、玄関のカギを閉めると、みるみる空腹が立ちってのぼくる。ただし、ここまでくれば空腹は敵ではなく、味方だ。チャーハンに餃子、ピラフ、唐揚げなど、冷凍庫には宝物がたんまりある。全部食べても、明日買いに行けば何の問題もない。

さあ空腹よ。勝利の宴を始めよう。

台所の明かりをつけると、シチューが作ってあるではないか。

鍋をのぞき込むと、背後から声がする。

「お父さま、いつもお仕事おつかれさまです」

おお、壮太。こりゃ嬉しいな、ありがとう。

「お父さまに日頃の感謝を込めてシチューを作ってみました」

日頃の感謝って、別にそんな……。

「にんじんの栄養が溶けているので、ルーもいっぱい食べてください」

へぇ～、そうなのか。ルーもしっかり味わわないとな。

「お父さま、お父さま」

香織も笑顔でこちらを見ている。

そっか、私は〝お父さま〟かあ。どうしたんだ？　香織。

「学校でお父さまのことを作文に書いたら、最優秀賞をいただきました。お父さまが素晴らしいおかげで、香織はみんなから褒められました」

自分の手柄を私のおかげと言える謙虚な子に育ってくれたようだ。その謙虚さは、時に自分を苦しめることがあるかもしれない。傲慢な人に手柄を奪われることがあるかもしれない。それでも、その謙虚さを忘れず大事にしてほしいと願う。お金では買えないものを手に入れるために必要なことだ。

「香織、香織。今、お父さまはご飯食べてるんだからさ。食べ終わってからにしなよ。お父さまはお疲れなんだからさ。ご飯はゆっくり食べてもらおうよ」

壮太の気配りもありがたい。ありがとう。でも大丈夫だよ。

壮太の作ったシチューに香織のお話。どんな高級店よりも贅沢な晩ご飯だな。私の言葉に、2人が照れ笑いを浮かべる。

「香織、お父さまのこと大好き」

「僕のほうがお父さまのこと大好きだもん」

「私のほうが大好きだもん」

2人が私を取り合って喧嘩を始める。ほら、喧嘩しない、喧嘩しない。

喧嘩するなら、シチュー食べてあげないぞ。話も聞いてあげないぞ。

「え〜、お父さん。食べてあげないって、もう全部食べてるよ」

「本当だ。全部食べてる。全部食べたから、食べないぞっていじわるを言ったの?」

あはは、バレたか。

「お父さま、おもしろ〜い」


ガラーン!

3人で笑い合っていると、突然、大きな音が響いた。一瞬、体を持っていかれて尻もちをつく。

なんだなんだ? 自分のことよりまずは2人を守らなければ。状況を確認するために周りを見渡すと、キッチンのドアが勢いよく開いた。

お母さんか? そんなわけないか。

我に返ると、そこには気配りをどこかに忘れ、怒りに満ちた表情の壮太と、謙虚のかけらもない冷めた目をした香織がいた。

ど、どういうことだ?

「何してるんだよ!」

壮太の怒号で、私は何をしてたんだ? と考える。

「え、ウソ! マジかあ〜」

気がつかないうちに何をしていたというのか。

「全部食べてるじゃん」

「ふざけんなよ。明日食べようと思ったのに」

見れば、尻もちをついた自分のかたわらに、空っぽのシチュー鍋がごろんと転がっている。

ああ、このシチュー、全部食べちゃったのか。

誰が? 俺が。

「結構な量あったのに、全部食べちゃったんだ……。明日3人で食べようと思ってたのに、ひとりで全部食べたんだ。

お父さま、嫌悪感という感情を教えてくれてありがとうございます」

香織が丁寧な言葉遣いで最大級の軽蔑を表現してくる。「嫌悪感」なんて、直接、相手に言ってはいけない言葉だ。

まずい。親子の信頼と尊敬がみるみる崩壊していくのが手に取るようにわかる。効き目がないのはわかっているが、このまま黙っているわけにはいかない。

「ご、ごめん。じゃあ明日、寿司でも食いにいくか！　久々にな」

寿司という言葉がすべてを帳消しにしてくれるんじゃないか、わずかな望みをかけてみた。

「いいよ、寿司なんて……。シチュー食べようと思ったのに」

一蹴された。そうだよね。私は、寿司の価値を暴落させるほどの悪行をしてしまったのだ。その罪は背負わねばなるまい。罰も受けよう。

だが、その前にせめて。思いが賞味期限切れにならないうちに。悪行を積んでても食べたかったシチューの感想を伝えなければ。

「ごめん……。どんなもんかなと思ったら、すごくおいしくて。ごめんって」

「……え？　すごくおいしかった？」

「ああ。すごくおいしくて、味が深くて、なんだろう。なんでこんなに味が深いんだろうって食べてたら、気がついたらもうなくて……」

この感想だけはちゃんと伝えないと、やりきれない。本当においしかったのだ。

「一晩寝かせたほうが深くなるけど……。別に、腹減ってるならそう言えよ。２人分作るのも３人分作るのも一緒なんだから」

まさかの無罪。

「ごめん。でも、本当においしかったんだ。ごちそうさま」

「ごちそうさまって。どうせならもっとうまい状態でさ……まあ、いいけど。おやすみ」

「おやすみ」

酒にすっかりやられていて、体中の感覚がない。帰路のピンチで体力も使い果たした。悪行を許してもらえた安堵感がどっと押し寄せる。すべてから解放され、ガクンと眠りに落ちそうになる。

もう今日はこのまま床で寝てしまいたいが、気がつくと股間の部分がひんやりしている。

間一髪だと思ったんだけどな。間一髪の手前ではなく、越えてしまったのか。

トイレ汚れてるかもな……掃除しないと。

しんどい。体を動かすための動機が欲しい。奮い立つための動機が欲しい。私が悪いのだが、壮太と香織のさっきの態度に納得がいかないので、子どもたちは動機にならない。

そうだ、お母さんに選ばれた男だ。

お母さんが選んだ人間がここで折れるか？　折れるわけがない。俺は父親だが、お母さんの夫でもあるんだ。夫になれたんだ。

お母さん、見ていてくれ。君が選んだ男は、トイレ掃除のあとに、風呂の掃除もするよ。

その前に着替えるから、そこは見ないで。

……はあ、壮太と香織にバレなくてよかった。

第⑤話

ゴーヤ、ラフテー、めんそーれ！
～兄・壮太の場合～

みりんというものが気になって調べてみると、もともとは酒らしい。それとは別に料理酒というのもあったので、その違いを検索すると、みりんは甘味担当の酒で、料理酒は塩味担当の酒ということのようだ。

正体が酒だとわかり、悪いことを企んでいる気分になって心拍数が上がる。汗が出る嫌な緊張感ではなく、格上のものに挑む高揚感に近い心地よさだ。

父も母も祖父も、ビールをとてもおいしそうに飲むのに、どんな味かと聞くと、おいしいとは言い切らない。はっきりしない言葉をいくつか言って自然と会話を終わらせる。

大人にとって、酒とは何なのだろう。

駅前の路上で酒を飲みながら、小学生のようにはしゃいでいる大人もいる。酔っぱらっている状態はとてもみにくい気がするが、あれを見られても何も思わないのか。

興味はあるが未知のことすぎて敬遠しているのが、現時点での僕と酒との距離感だ。だが料理長たるもの、みりんを避けては通ることはできない。知名度の割に、醤油と塩の次くらいの頻度でレシピに登場する。みりんはワールドカップ日本代表の守備選手くらいの位置なのかもしれない。

あえてみりんを一切使わない料理長になるのも魅力的ではあるが、そのためにもまずは一度みりんを使いこなす必要がある。使ったことがないのと、使いこなした上で決別するのでは、意味が違う。

だけど、みりんを使う料理はどれも難しそうで決めかねる。

コクや旨味を出すそうだが、それがピンとこない。コクはまだしも、旨味は単に「うまくなる」じゃダメなんだろうか。

「うまくなる」だと理解できるのに、「旨味」と言われた瞬間、「うまいとはなんだ?」という「なぜ人類は生まれたのだ?」レベルの壮大な疑問に早変わりする。

親切心で丁寧に伝えてくれているのだろうが、丁寧に伝えれば伝わるわけじゃないんだよな。

ふと顔を上げると、先生がいつも通り低めの熱量で自分が知っていることだけを教えている。人間は慣れすぎると言葉から熱量が失われる。だからこの先生の言葉はイマイチ入ってこない。

　自分が知っている、もはや当たり前のことだけを何回も何十年も教えるのってどんな気持ちなのだろう？

　何十年も続けていれば社会に出ても適合できない生徒がすぐわかるだろうが、そういうときどんな気持ちになるのだろう？　そして、自分はどのように見られているのだろう？

　料理を始めてから、不思議と大人のことが気にかかるし、あの先生にも、クラスメイトにも、おいしい夕飯を、いや、おいしく夕飯を食べていてほしいと思うようになった。

　授業中にみりんのことを考える高校生は今、日本に何人くらいいるのだろう？

　多く見積もっても、５人もいないのではないか？

　みりんは日本特有のものだろうから、世界に５人の可能性もある。

　料理というありふれた日常ど真ん中のことを考えているだけで、自分が世界でも稀有な存在になっていくなんて。


　帰り支度をしていると、突然目の前が真っ暗になった。一瞬、驚いたが、そのぬくもりにすぐ恐怖は消えた。

「だ〜れだ？」

　こんなことをしてくる人間が思い浮かばない。

「ちょっと！　声でわかってよ」

　はつらつとした中にも甘えがあるこの声には聞き覚えがある。

「え、マネージャー？」

「考えないでも正解してよ」

　目隠しをはずしたその手で、肩を叩かれた。何が面白いのか、満面の笑顔だ。つられてこちらも笑ってしまう。ああ、走り込みや筋トレ、キツい練習の後も、この笑顔を見るとやりきることができたな。なつかしい。

「壮太くん、部活には戻ってこないの？」

「え？　まあ……」

「どうして急にやめちゃったの？」

「急にって……」

「大会も負けちゃったし、壮太くんがいないとさ、部活が楽しくないんだよな」

「そんなこと言われても」

「マネージャーの仕事ちゃんとやらなきゃいけないのに、やる気出ないんだよ。はあ～あ」

柔軟剤のいい匂いがする。なつかしい匂いだなと思うと同時に、自分の匂いは臭くないかが気になる、この感情もなつかしい。

「部活やめて何してるの？」

「え？　料理とか」

「料理？　そうなんだ、料理するんだ？」

「まあ、するっていうか、うん」

「へえ～、壮太くんの料理おいしそう。食べてみたい！」

「え？　適当に作ってるから、別に」

「食べてみたいよ。料理できる男の人っていいなあ」

食べてみたいと笑顔で言われ、鼓動が速くなるのを感じる。

何を作ってあげられるだろう。見た目も名前もかわいいポトフがいいかな。優しい味だから、好き嫌いもあまりなさそうだし。バター醤油ご飯より、パンのほうが雰囲気に合ってるかな。

「料理するならちょうどよかった！」

「え？　何が？」

「これ、お土産」

「あ、沖縄そば？　沖縄行ってたんだ？」

「うん。大会負けて土日休みになったからさ」

「ああ、そっか」

「あいつの親が別荘持ってて。別荘っていっても、マンションだけど」

「あいつ……ああ」

あいつとは、初心者の一年生のことだろう。負けたのに自主練もせずに沖縄へ……。

沖縄……別荘……別荘といってもマンション……。

なじみのない言葉が、速くなっていた鼓動を握りつぶしにかかってくる。

「ちょっと！　変なこと考えないでよ？」

強めに肩を叩かれた。

「ちゃんと別々の部屋に泊まったもん」

「え？　ああ」

「沖縄そば、初めて食べておいしかったから、壮太くんに買ってきたの。家で料理するなら、それも食べてみてよ」

「普通のそばとは違うんだ？」

「うーん、沖縄そばは沖縄そばって感じ」

「そうなんだ。ありがとう」

別荘だろうが、マンションだろうが、同じ部屋ではなくても同じ家で寝たのだ。嫉妬とおぼしき感情で、悲しみと怒りが目まぐるしく入れ替わる。

僕にはこの感情を抱く権利はない。この感情に権利を与えてはならないのだ。

マネージャーは気持ちを知らない。気楽に話せる友達のひとりだと思っている。

気持ちを伝えていれば、何か変わっていただろうか？　周りにバレたら恥ずかしいし、なんて考えていなければ、こんな恥ずかしい目に遭わなかったのか？

後悔は尽きない。


どうにもペダルを漕ぐ気がせず、自転車が倒れないギリギリのスピードでよたよたと進んでいく。きっと不格好な僕の姿はこの町の景色を汚してしまっているだろうが、こうしていないとどうにもならない。

どこにこの沖縄そばを捨てよう。途中、コンビニのゴミ箱の前で立ち止まるが、なぜか捨てられない。

立ち尽くしていたら、作業服の人に「ごめん」と言われて我に返る。「どけよ」と言われてもおかしくない状況だったが、「ごめん」と謝られてしまった。僕の姿がよっぽどみじめでかわいそうだったのだろう。

食べ物は捨てづらい。理屈はわからないが、捨てづらいものなのだ。もちろん食べ物だから捨てづらいのだが、それだけでは済ませられないほど捨てづらい。

それに、沖縄そば自体には興味がある。年越しや、暑い夏のお昼ご飯くらいでしかなじみのなかったそばだが、アレとどう違うのか気になっている。高校生ではなく、料理長としてもらったと考えると、食べないわけにはいかない。ここはちゃんと食べてみるか。

でも、沖縄そばだけを食べているところを妹に見られたら、もらった理由でウソをつくことになるし、ついてもきっとすぐにバレる。こんな思いをした後で、家族にウソをつきたくはない。

いっそ沖縄そばのほかにも沖縄料理を何品か作ってみようか。その中に沖縄そばが紛れていれば、自然に食べられそうだ。

最近は旅行できていないし、食事で旅行気分を味わってもらうのもいいじゃないか。

作業服の人が、弁当とお茶を持ってコンビニから出てきた。あの感じおいしそうなんだよな。バレないように会釈して自転車に乗る。

今はもう、この町の景色にも溶け込めている気がする。

誰の印象にも残らない、帰宅中のどこにでもいる高校生として自転車を走らせる。風を切って走りながら、南国へと思いを馳せる。

何度か、マネージャーと一年生のことをふと思い出してしまったが、スピードを上げて振り切った。

家に着くと、まずは料理長として欠かせない下準備。そう、スマホで検索だ。

「沖縄料理　レシピ」で検索すると、個性的な名前の料理が次々と出てくる。どれもおいしそうだが、ひときわ目を引いたのがラフテーだった。

まず名前がいい。見た目は茶色い煮汁がしみ込んだ豚肉の塊。こんな分厚い豚肉は見たことがない。

沖縄ってすさまじいな。作れる気はしないが、やってみたいな。

「おお」

ここでみりんと宿命の再会を果たす。ラフテーを作るにはみりんが必要らしい。本当は黒砂糖を使うそうだが、何かよくわからないし、代用品としてみりんでも問題ないとのこと。必然ではなく偶然の再会。ここらで一度みりんと向き合っておきたい。

作り方はどうにかなりそうだが、何しろ時間がかかるようだ。でも、ラフテーと沖縄そばだと、食べているときマネージャーの顔を思い出してしまいそうなので、せめてもう一品、できれば2品作りたい。

そうなると、ビジュアルからしていかにも沖縄料理の主役感を放っているゴーヤチャンプルーが気になってくる。

ラフテーに比べてそこまで興味を惹かないが、沖縄っぽさの演出には欠かせない気がするので、作るものリストに入れる。

ほかにもタコライス、ミミガー、にんじんしりしり、てびち、アンダンスー、グルクンの唐揚げ、海ぶどう……さすが沖縄、名前の気になる料理がたくさんある。

ラフテーをやめれば今日の夕飯に間に合いそうだが、ラフテーは欠かせない。となると、今日は諦めて明日の夕飯に回すか。

父と妹に、明日は豪華な晩ご飯を作るから、今日はありもので済ませてくれ、と連絡を入れる。

妹からは「わかった」と一言のみ。父からは何やら長文の返信が来たが、2人ともちょうどいいバランスを取れないのだろうか。


翌日は土曜日。

そわそわしているのがバレたのか、妹が珍しく父を誘って出かけると言って午前中に家を出た。

2人を見送ってから、手を洗って気持ちを料理長に切り替える。

まずはラフテーに使う豚肉。肉といったら「スーパー二重丸」だ。

二重丸の店内放送を聞くと、気持ちが引き締まる。一目散に肉ゾーンへ向かい、お肉を並べている20代後半くらいの女性店員さんに、豚のブロック肉があるか聞いてみた。

その店員さんは、第一声から柔らかい声で対応してくれるので落ち着く。大人の女性だが、かわいさがある。

ラフテーを作りたいこと、家族3人で食べることなどを正直に伝え、どれくらい買えばいいか質問すると、

「全部食べ切らなくても、次の日も食べられますし。2つ買ってもいいかもしれませんねぇ」

意外な答えが返ってきた。

次の日まで繰り越して食べることは考えていなかった。それなら安心して多めに作っても大丈夫だ、と思ったそのとき、

「その子、私のお客さんだから」

声の主はすぐにわかったが、万に一つの可能性に賭け、間違いであってくれと願いながら振り返ると、案の定、切れ長の目をしたいつもの女性店員がいた。

最初に声をかけてくれた女性店員を見る目が、なぜか怒りを帯びている。

「スーパーに〝私のお客さん〟とかないですよ」

彼女は、顔色ひとつ変えずに言い返した。

「いえ、ありますから。店長、あとはやっておくんで」

え？　20代後半の女性店員さんは、店長なの？　切れ長目の店員さん、店長に言い返してるの？

「いいけど、また勝手に割引シール貼らないでよ？」

「言いがかりはやめてください。やってません！　証拠あるんですか？」

僕の目の前で言い切った。今、謝らなければ、完全に共犯者になる。

ただ、堂々と嘘をつく人を裏切る勇気がなくて言葉が出ない。代わりに汗だけが出る。

店長は諦めたのか呆れたのか、頷いてその場を離れていった。


その後ろ姿を見て、突然思い出したことがある。

まだ母のおなかに妹がいたときのことだ。

家からちょっと遠い公園に連れてってもらったことがある。

もうすぐ妹が生まれてくるということの不思議さ。

母が自分だけのものではなくなる不安。

初めて訪れた公園への好奇心。

一生懸命遊べば、ずっとこのままでいられるんじゃないかという期待。

母に楽しいよと伝えるために、一生懸命遊んだふりをした。

覚えている限り、それが人生で初めてついたウソだったと思う。

結局、そのウソは何の意味もなかったけれど、その帰り道、やけに寂しそうに歩く女子高生を見たのだ。

「あの人、どうしたんだろう？」

「どうかはしたんだろうね」

「寂しいのかな？」

「寂しいっていうより、痛いんじゃないかな？」

「転んだのかな？」

「転ぶこともできなかったのかも」

駆け寄ってみようとした僕の手を、母は強く握ってこう言った。

「見てないことにするのがいいの。痛そうだけど、あの子が歩いていることもまた、この町の景色を彩ってる。だから、あの子は大丈夫」

母が言っていたことの意味はよくわからなかったが、思い出した。

あの店長は、たぶんあのときの女子高生だ。

意外と近くにいたんだな。


「シチュー、どうでした？」

切れ長目の女性の声で、現実に引き戻される。

「シチューはいろいろあって……。あ、でも父がおいしいって言ってました。ありがとうございます」

「でしょ？　で、今日は？」

「ラフテーとか、沖縄料理を作ってみようかと」

「暑いからね、いいんじゃない？」

そう言って、豚バラブロックを3パックひょいひょいとカゴに入れていく。

「あ、ありがとうございます」

「いいの、いいの。あとは何を作るの？」

「ゴーヤチャンプルーを作ろうかと」

「まあ、そうだろうね」

すかさず野菜売り場に連れていかれて、ゴーヤを手渡される。

「あの～、ゴーヤってこの種類だけですか？」

「そうね。うちに置いてあるのはこれだけ。ていうか、ゴーヤは普通1種類しか置いてないわよ」

ゴーヤがどうにもおいしそうに見えなくて困る。これは、旅行の思い出として食べるからギリ成立するやつじゃないのか。非日常的な状況で、非日常的なものを食べるからなんとなく食べてしまう。そういうやつだ。日常のど真ん中で食べるものではない。

「こっちはゴーヤの小さいやつじゃないんですか？　それだったらこっちでもいいんだけど」

「それはズッキーニ。全然違います」

「そうなんですか。でも、ゴーヤの代わりにしてもよさそうですよね？　料理って、よく何かで代用しますよね」

「全然違いますよ。そもそも、代用したらダメです。食材も人間も、代わりはいないんです。ゴーヤならゴーヤ、ズッキーニだったらズッキーニのよさを生かすことを、いちばんに考えないと」

強めに正論を言われてしまい、言い返せない。

黒砂糖をみりんで代用しようとしていることは黙っておこう。

「ゴーヤおいしいですよ。苦味がクセになりますよ」

セール
特売
半額
スーパー◎
半額
半額

「苦味って、漢字で書くと〝苦しい味〟ですよね」

「そうですね。でも、苦しさはないです。おいしいんです」

「ビールも苦いって言いますよね。ビールみたいなもんです」

「わかりません。ただ、その苦味に栄養がすごく含まれてるんで、夏バテ予防にもなりますよ」

夏バテ予防。いい響きだ。料理長として、味はもちろん栄養にも気を使いたい。それならゴーヤを買ってもいい。

「ほかに沖縄っぽいものありますか？」

「今日は海ぶどうが入ってますよ」

「海ぶどう、名前がいいですよね。〝山ホタテ〟みたいで」

「山ホタテ？　……を知らないんで、あれですけど」

「ないんですけど、合わさりそうにない単語同士がくっつくのがいいなと思って。海のものと山のものとの組み合わせがよくないですか？」

「あ〜、なるほど。いかにもくっつきそうなものより、意外性のある組み合わせのほうが、くっついたときにいいかもですね」

意外性があったほうが、くっついたときにいい……。

ああ、そっか。

「エースとマネージャーより、下手な一年生とマネージャーのほうがいいんですよね。はあ……」

思わず声に出してしまった。

「あ、変なこと言ってすいません」

「いえ、人間もね、そういうのあるかもですね。レストランのオーナーと女性シェフって似合うのに、オーナーはホールのバイトと……」

不意に、店員さんではなく人間の顔になった。何かを思い出しているのか、表情が歪む。

正直、面倒くさくて怖い人だとしか思ってなかったけど、この人もまた人生を生きているんだな。

店員さんが、ポケットから赤くて丸いものを差し出す。

「え？　半額シール？」

「変なこと言ってしまったんで、お詫びのしるしです」

そう言って豚バラ肉のブロックに半額シールを貼る。

「いやそんな、別に……」

「この半額シールを貼れば、私も誰かに選んでもらえますかね」

そう言って、店員さんは苦笑いしながら、自分の胸に半額シールを貼った。絶対に何か返さないといけない場面なのに、何も言葉が浮かばない。

日常ど真ん中のスーパーで働いている人も、何かを抱えて生きている。抱えたくなかったものを抱えて、人には言えずに生きている。この店員さんも、あの店長もそうだ。

たとえそれが悲しみや痛みだとしても、この町の景色を彩って歩いていれば大丈夫。

きっと大丈夫だ。

「なんで自分に貼ってるの？　このシールだってタダじゃないんだよ」

いつの間に見ていたのだろう。店長が大慌てでやってきて、彼女の胸からシールを剥がした。僕も豚バラ肉のブロックからシールを剥がす。

「私、半額でも10億はしますよ。それなのに時給1240円で働いてあげてるんですよ」

先ほどの表情は消え、いつもの店員さんのトゲのある口調に戻る。

「あのね、人に値段はつけられません。時給のことを言うなら、最寄り駅を誤魔化して交通費多くもらってますよね」

「人によって、最寄りと感じる駅は違いますから」

「違いません。それに、社員になる誘いを断り続けてますよね？」

店長も一歩も引かずに言い返す。

2人は同じ靴の色違いを履いていて、新品ではないがとてもきれいだ。これがこの人たちの日常なんだろう。

前に来たときよりも、研修中のおじいさんのレジ打ちが速くなっている。きっと「研修中」のバッジが外れる日も近いだろう。

幸せの重さを指の関節で感じながら、数歩歩いただけで汗がにじむ。裏手の猫を見たくて立ち寄ったけど、姿は見当たらなかった。

どこかの飼い猫って言ってたし、家で涼んでいてくれたらいいか。野良猫はこの暑さをどうしのぐのだろう。

スーパーから帰ってきたときは、いつも玄関ドアをスムーズに開けられない。

買い物袋をいったん下に置くのが嫌で、毎回持ったまま鍵を取り出せないか試して、毎回諦めている。

この行為も人には言えないし、見られたくない。

さあ、キッチンに買ってきたものを置いたら、エプロンをつけて手を洗う。今日は何品も作るから、段取りよくやらなければならない。

まずは、ラフテーからだ。

鍋に、水とブロック肉、しょうがとネギの青い部分を入れる。

なぜネギの青い部分を入れるのかは、今は考えないようにする。書いてあるからそうするのだ。

そして、中火にかける。沸騰したら、蓋をして弱火にする。この弱火にするせいで、時間がかかるのだ。

タイマーをセットし、みりんを投入するまでのカウントダウンが始まった。

今のうちにゴーヤの下ごしらえだ。

表面が凸凹しているので丁寧に洗い、たて半分に切る。意外なことに、外見に似合わず中身はふわふわしていた。

このサプライズは沖縄料理の主役のなせる業と言ったところか。

てっきりこのふわふわを食べると思っていたのだが、中身ではなく外側の「凸」のほうを食べるらしい。こちらの想像をたやすく超えてくるとは、さすが主役だ。

切ったゴーヤは塩水に漬けておくが、なぜ漬けるのかは、今は考えないようにする。

そうこうしているうちにタイマーが鳴る。ゴーヤの下準備をしているだけで、もう30分近くがたっていた。思った以上に時間がかかる。急がなければ。

ラフテーの鍋を見ると、ブロック肉が赤から薄茶色に、ネギの青い部分は落ち着いた緑色に変わり、水も濁ってきている。弱火のせいか全体的に穏やかな変化だ。

トングでそっとブロック肉をつかみ、炊飯器の中へ入れる。そして煮汁と醤油、料理酒を入れ、最後にみりんを加える。

みりんは少しトロッとしていて、ゆっくり流れ落ちる。その振る舞いは、とても優雅だ。みりんにつられて、炊飯器のスイッチを心なしかポンッと優雅に押してみた。

炊飯器に頑張ってもらっている間に、ほかの2品を作ってしまおうかと思ったが、ゴーヤチャンプルーは冷めてしまうし、そばものびてしまう。


父に帰宅時間を聞くとすぐに返信があった。

「今から、渋谷で角なんとかのライブを見るのでそれが終わり次第、帰ります。

公演時間は60分と書いてありましたので、19時くらいに帰宅できると思います」

父の文面はこっちが返しづらいほど丁寧だ。話すときは普通なのに、文面だけ丁寧なのだ。

あと2時間か。

ラフテーは間に合いそうだが、時間を持て余してしまう。

ソファに座って窓の外を見る。こういう時間を大切にしたいが、すぐに飽きてしまう。待つという作業を楽しめるようになるといいな。

それにしても、妹に連れられ角なんとかのライブを見なきゃいけない父がかわいそうだ。

以前、妹に角なんとかの動画を見せられた。角なんとかは、お笑い事務所の芸人たちが将棋をテーマに何やらやっているものだが、将棋に興味がないので見る気になれない。

この人たちが人気者になることはないと確信していたのに、ライブをやるということはそれなりに人気があるのか。

理解できないものがはやっていると、つい否定的になってしまうのはなぜだろう。何も嫌なことをされてないのに、その楽しさを否定してしまう。

炊飯器のピローンという音が鳴る。

開けてみると、いい匂いを放つ湯気の中からラフテーが現れた。

こんなん絶対うまい。どうやってもうまい。料理長だからわかるとかではなく、誰が見てもわかる。ホンモノとはこういうものだ。角なんとかとは違う。ニセモノの人気はすぐに廃れるはずだ。

どこまでもうまくなってください、と一礼して蓋を閉め、2周目のスイッチを押す。

いよいよほかの2品も作り始めよう。

漬けておいた塩水からゴーヤを取り出し、水気を拭く。ラフテーほど見た目からはうまさを感じないが、味がダメでも栄養で押し切るから大丈夫。

豆腐には絹と木綿の2種類ある。違いはまだよくわかっていないが、どのレシピを見てもゴーヤチャンプルーには木綿と書いてあるので、木綿が適任なのだろう。

まな板に豆腐をのせ、縦と横に包丁を入れる。ばらければ食べやすい大きさになるはずだが、無理にばらすと崩れそうなので、そっとしておく。

炊飯器の2度目のピローンが鳴ったときには18時45分。

豆腐にかなり時間を取られてしまった。ヤバい、急がなければ。

ガスコンロのつまみをひねると、一斉に火がつく。気持ちがいい。フライパンにゴマ油を入れると香ばしい匂いがして、何もないのにすでにうまそうだ。

豆腐を入れ、続けて主役のゴーヤとお供のしょうが。色合いがとてもいい。味はわからないが、栄養とこの色合いなら納得してもらえそうだ。塩に関してはいまだにどれくらい振ればいいのかわからない。

豆腐の形が崩れないようにゆっくり混ぜたら、そこにツナを投入する。ツナがうまいのは知っている。うまいの担当はツナに任せれば、味は何とかなるだろう。醤油をフライパンの縁に沿って入れると、すぐにいい匂いが漂ってくる。

最後に卵。溶き卵にして入れると書いてあったが、溶いてから入れるのと入れてから溶くことの違いがわからなかったし、フライパンの縁で割るというのをやってみたいので、溶き卵にはしないことにした。

フライパンの縁にカンカンと卵をぶつけてみるが、殻にヒビが入るだけでなかなか割れない。少し強めにやったら、砕けた殻が白身に交じり、フライパンに入ってしまった。いったん火を止めて、箸で取り除く。

そのとき、玄関からガチャリという音とともに「ただいま」の声。おかえりと返すが、卵の殻に気を取られて気が気じゃない。

こうならないように、溶き卵にするのか。

妹と父に見られる寸前で殻を取り除くことができ、どうにかゴーヤチャンプルーが完成した。2人が着替えている間に盛りつければ完璧だ。

ゴーヤチャンプルーを大皿に移す。沖縄そばがまだ手つかずだが、袋麺なのでそれは食べてる最中にやればいい。

炊飯器を開けてラフテーの様子を確認すると、主役以上に主役の完璧なたたずまい。トングで取り出そうとすると、柔らかくて今にも崩れそうで、しかもとにかく熱い。

熱さと崩れやすさの相性の悪さに苦戦していると、妹と父が台所に入ってきて、手こずっているところをしっかり見られてしまう。

なんで最後の最後でこういうヘマを……。

さっきあんなに時間を持て余していたのだから、うまくやりくりすればこんな姿を見られなかったのに。


「壮太、これ全部作ったの？　すごいね！」

え？　香織、これすごい？　かっこ悪くない？

父は自然と拍手をしている。

すごいのか？　これ。今、こんなにみっともないのに、それを超えてすごいのか？

自分のすごさは自分ではわからない。

気を取り直して、「めんそーれ」と言うと、2人はきょとんとしている。

「あ、旅行に行けてないから、せめて食事くらいはと思って」

めんそーれをかき消すように、言葉を続ける。

「ははは、そうか！　家にいて沖縄に行けるとは思わなかった。ありがとう。めんそーれ！」

言うのは楽しいが、言われると照れてしまう、めんそーれ。

「家にいるのに旅行、か……。〝食事だけ旅〟？　うーん、違うな」

妹がブツブツと何かを考えている。

「……在宅グルメ紀行。うん、〝在宅グルメ紀行〟と呼ぼう！」

在宅グルメ紀行か。それはいい。

その土地の料理を作れば、そこへ行ったつもりになれる。47都道府県すべてを制覇したら、今とは比べものにならないくらい料理の腕は上がっているだろう。

いったい何年かかるのか？　そのときどうなっているのだろう？　楽しみが増えていく。

2人を座らせて、ゴーヤチャンプルーを出す。ラフテーは切り分けるのを諦め、ブロックのまま出すことにした。

父と妹が食べきれなかったら、僕が食べればいい。

妹がスマホで沖縄の音楽をかける。三線の陽気な音が響き渡り、我が家はもう沖縄だ。


「いただきます」の声が重なり合う。何度聞いてもニヤけてしまう。

まずはゴーヤチャンプルー。

夏バテ予防の保険はあるが、できればおいしくあってほしい。

ゴーヤをおそるおそる口に入れてゆっくり咀嚼。食感はいい。その後に、苦味が広がる。確かに苦いけど、なぜかうまい。

苦いのにうまい、なんて方向性のうまさもあるのか。さすが主役だ。

ラフテーはどうだろう？

箸で切れてしまうほど軟らかい。口に入れると、咀嚼するたびにうまさがにじみ出てくる。もっと咀嚼したいのに、すぐ溶けてしまう。

うまい。もはや何がどううまいかはわからない。わからないほどうまい。

これがみりんの威力なのか？

妹も父も、うまそうに食べてくれている。話しながら時に笑い、時に驚き、それでも箸を止めない姿を見ることができるのは、料理長の特権だ。

妹と父は、将棋にゆかりのある神社や将棋会館へ行き、将棋メシと呼ばれている店の前を通ったが、夕飯のことを考えて我慢したそうだ。

「我慢したかいがあった～」

こちらこそ、こんなに喜んで食べてくれるなら作ったかいがあるというもの。

父が、「神社の絵馬を熱心に見てたね」と言うと、妹は一瞬照れたが、「人に見られて恥ずかしい願いなんて、願いじゃないでしょ」と語尾を強める。

そのあと渋谷へ向かい、角なんとかのライブを見たけど、妹と父を含めてお客さんは４人だったそうで。

人気者だと思っていたから否定していたのに、実際はそうでもないと知ると、心が痛い。

それでも、箸は変わらず止まらない。

沖縄そばをゆでるためのお湯を沸かしているとき、

「いつかみんなで沖縄行きたいね」

妹がそう言ったのを聞いて、「いつか」という未来の話が我が家に戻ってきたんだと、素直に嬉しくなった。

「家族旅行か、いいね」

「実はさ、お母さんとさ……」

「家族じゃないと沖縄って行きづらいし」

「なんで？」

「恋人と沖縄旅行なんて行ったらさ、沖縄の人に〝またバカが来た〟って思われるに決まってるじゃん」

「そうかな？　そんなふうに思うかな？」

「だって沖縄にはさ、毎日毎日そういう浮かれたヤツらが来てるわけでしょ？　そいつらに、いいところですねえとか、沖縄の人は優しいですねとか、話しかけられてさ」

「まあ、そうだね。旅行のときって、話しかけそう」

「私が沖縄の人だったら、嫌だけどな。そう思うの私だけかな」

言われてみれば、そうかもしれない。

この文久町に、毎日浮かれたヤツらが来たら、確かにうっとうしい。

「恋人同士なんて、テンション高いうえに目をトローンとさせてるんだよ？　私が沖縄の人だったら、心底バカにするね！　一週間はそれで笑う」

「あ……そうだな。そうだ、その通りだな！　恋人と沖縄に行くなんて沖縄に住んでる人のこと何も考えてないな。そんなヤツらは別れるな。最低だな！」

妹の言葉に救われた。

マネージャーと初心者の一年生も、きっとそう思われてたに違いない。

もっと救われたくて、妹の意見に大きく頷く。

「でしょ？　最低だよ、最低。だから、家族で行きたいの。沖縄にだけ浮かれたいの」

「なるほど、確かにな！　あ、さっき何か言いかけてたよね？　お母さんとどうしたの？」

すると、父が気まずそうに口を開いた。

「あ……いや、その……。実は、昔お母さんと沖縄旅行して……そこでプロポーズしたんだ」

父が母にプロポーズする。想像できないけど、そういうこともあったんだよな。あったからこその今なわけだし。

ただ、今は聞きたくなかったかも。

「あ……そうだったんだ。知らなかった」

「じゃあ、目をトローンとさせてたんだ。最低だね」

めんそーれ

妹の口が止まらない。これ以上はマズいと思い、目でそっと合図を送るが妹は止まらない。「トローンとさせてたんだ」を繰り返す。

「そのときの写真ないの？　見ようよ。絶対目をトローンとさせてるよ」

「どうかな？　トローンとはさせてないと思うけどな」

妹に対して、父親としてギリギリ冷静さを保ってはいるが、明らかに落ち込んでいる。

もう一度合図を送るが、香妹は首を振って止まらない。

今度ははっきり言葉で伝える。

「ここは押し切らないと、変な感じになるから」

「押し切るってどういうことだよ」

「なんでわかってくれないの？」

「わかるわけないだろ！　さっきから何言ってるんだ」

「こんなこともわからないから、へたくそな一年にマネージャーを取られるんだよ！」

あ……そうか。

こんなこともわからないから、ダメだったのか。

僕の異変に気づいた妹が必死に謝ってくるが、謝ることではない。

自分が悪いのだ。こんなこともわからない兄でごめん。

「お父さんとお母さんは浮かれてないよ。旅行中ずっと雨降ってたから、ホテルからほとんど出られなかったしな」

父が何か言っている。こんなこともわからない息子でごめんなさい。

妹は父にも謝っている。香織は悪くないよ。

「いや、それにしてもおいしかった。ごちそうさま」

父が席を立った。

ついさっきまで、あんなに楽しかったのにな。

箸が自然と止まっている。

ゴーヤをいくつ食べたら、〝こんなこと〟がわかるようになるんだろうな。

妹が、目に涙を浮かべて「楽しかったから、変なこと言った。ごめん」と謝ってきた。

ううん。香織は悪くない。

変なことじゃなくて真実だし、謝ることじゃないのに謝ることが出来るいい子だよ。

こんなことがわからない兄に言われても嬉しくないだろうけど。


沖縄の音楽の心地よさは、決して自分に向けられていたわけじゃなかったことを思い知る。

マネージャーの笑顔が浮かんでくる。

笑顔なのにイタい。

いや、笑顔だからイタいのか。

炊飯器が豚バラブロックの脂でギトギトだ。

ギトギトになったらダメなところまで、ギトギトだ。

第⑥話

餃子にくるんだ家族への思い

~母・ゆかりの場合~

餡をスプーンですくい取り、皮の真ん中に置く。

ひだを作りながら皮を包み込む。

餡をスプーンですくい取り、皮の真ん中に置く。

ひだを作りながら皮を包み込む。

この作業をひたすら繰り返す。

100個ほど作ったところで、残りの餡を見る。まだ30個くらいは作れそうだ。

冷凍餃子で済まさずにわざわざ手作りするからには、これくらいたくさんあったほうがいい。

これだけあれば、一個あたりの原価に自分の時給をプラスしても、冷凍餃子よりは断然コスパがいい。

残りは香織のために味に少し変化をつけよう。


香織は食が細いから、茶碗を3つ用意してそれぞれにふりかけをかけ、違いを楽しむことで食べさせていた。行儀は悪いかもしれないが、食べてくれるならそれでよかった。

二島食品の「ことみ」をはじめとするシリーズを混ぜて、香織用の餃子を作る。

香織のためでもあったが、うっすら感じることみの味に香織が気がつくか？　そんないたずら心もあった。

食べ比べは、好みはあっても勝ち負けはないのがいい。

比べて味わうことで、それぞれの本来の個性に気づけるのもいい。

餃子を作っていると、単純作業に没入できる。

頭と体が完全に離れて、頭が自由行動を始めるみたいだ。

体は餃子を作っているが、頭は、自分が香織と同じ年齢だった頃に出かけていった。

＊＊＊＊

私の初恋の相手は、コンバインだった。

いや、初恋は言いすぎか。初恋と愛着のちょうど中間くらいの感情かもしれない。

正確に豪快に、疲れ知らずに動く姿は勇ましく、見ていると心が躍った。

収穫の時期は、操縦する父ではなくコンバインをずっと見ていた。

新たなコンバインに買い替えると知ったときは、泣きやまずに父を困らせたものだ。

泣き疲れたあとようやくコンバインに乗せられて、農道をお別れドライブしたのを覚えている。

新しいコンバインを見たときはいけ好かなかったが、最新機種の圧倒的な能力の違いを見せつけられ、稲とともに先代コンバインへの思いも刈り取られていった。


夕飯どきは扇風機の風に乗り、夏の夜の匂いが居間に広がる。

テレビからは野球中継が流れていて、それを見ながら父が夕方からランニング姿でビールを飲んでいる。

外から虫の鳴き声と、遠くを走る車の音が聞こえてくる。

よくハエが家の中に入ってきたが、よほど大きいものじゃない限りは気にならなかった。

家族全員でこうやって夕飯を食べるのが当たり前だと思っていたし、周囲の家も同じように食べているんだと思っていた。

だから、友達の親が会社勤めをしていると聞いたときは、それが妙に新鮮で羨ましくて、父にも会社勤めをしてほしいとお願いし、苦笑いされていた。

そんなときでも、父はまず食べ物をすすめてくる。

「まずは食べてからだ」

どんな話をしていても、それが父の口ぐせだった。


高校に入学するまではその言いつけ通り、何よりも食べることが好きだった。

ただその頃になると、友達に後《おく》れを取りたくないという思いから、制服のスカートを短くして、体重とか、脚の細さや長さとか、見た目ばかりを気にするようになった。

「お前は肌が弱いんだから、虫に刺されたら大変だぞ」

スカートを短くしてはしたない、と怒られることへの反論は用意していたが、肌が弱いとか虫刺されとか、なんだか子どもみたいな扱いをされたことに腹が立って、その日は口をきかなかった。

次の日、用意されたお弁当の横に虫よけスプレーが置いてあったが、わざと持たずに学校へ行った。


その頃、父と母は離婚をし、母は家から出ていった。

離婚の理由は、母が同窓会で再会した同級生と恋に落ち、そちらと正式に結婚するためだった。

正確にはまだ不倫関係に陥る前に、父に正直に打ち明けて、私にもしっかり話をしてくれた。既婚者であるにもかかわらず恋に落ちてしまった人の行動としては、誠実だったと思う。ただ、これから先、母が人を非難する権利はないとも思った。

傷つくのとはまた違う気持ち悪さが心にはびこって拭えなかった。

そんなときでも、父はいつもと変わらず野球を見ながら、冷えたピーマンを食べていた。

違うのは、その日だけはビールを飲んでいなかったことくらいか。

母を取り返そうとも、いらだちを見せることもせず、母がいたときと同じように生活をする父が、とても薄情で情けなく見えて、そんな父のことをただただ嫌っていた。


高校3年生のある日、いつものように野球を見て、ビールで晩酌をしている父に言った。

「私、東京の大学に行って、東京で就職するから。農家は継がないで、東京で働くから」

進学のことも、その先の未来もいっぺんに伝えた。

「ゆかり、一度も頼んでないことを拒否するな」

「え?」

「継げなんて俺が頼んだことあるか? 拒否するのは、頼まれてからだ。勝手に決めつけて勝手に断るなんて、失礼すぎる」

父に、初めて人間として怒られた気がした。

てっきり私が家に居続けるのを期待しているのだと思い込んでいたが、確かにそんなこと、冗談でも頼まれたことはなかった。

そこで初めて、父が私の好きな道に進めばいいと思ってくれていることを知った。

その場で謝ることができずに、もう一度、東京の大学に行くとだけ告げて自分の部屋へ戻った。


上京する日は、近所の人に借りた軽トラックに荷物を載せ、父の運転で向かった。

必要な手続きの話などをするだけで、とうとうその日まで自分の気持ちを伝えることはなかった。

どうにか気持ちの話をしたかったが勇気が出ない。車が福島県を走っている間に、いやせめて茨城県のうちには、と思うが切り出せず、無言でいる父に甘えて、軽トラの車窓からずっと景色ばかり見ていた。

「バイトばっかりして授業に出ないとかやめろよ。金は何かあったら言え」

うん。

「米だけ炊いておけば、あとは缶詰でも、スーパーの総菜でも買って食えばいい。まずは食べろよ。そこの順番だけは間違えるなよ」

そうだね。

「食ってから、勉強。食ってから、遊ぶ。食ってから、バイト。何をするにしても、まずは食べろよ」

ありがとう。

父はいつでも食べろと言う。

感謝の言葉も、謝罪の言葉も伝えたかったが、言葉を発すると涙がこぼれてしまいそうだったので、

「野菜送ってもらっていい?」

それだけを伝えて、前を向いた。

父も前を向きながら、「わかった」とだけつぶやいた。

ひとり暮らしの部屋は、思っていた以上に狭い。

壁は薄いのに、ムダに静かに感じる。

朝起きても、誰もいない。

大学へ行く以外の用事はない。

上京すれば、自然と華やかなところで最先端の流行に触れる生活をするものだと思っていたが、何も起きない。

むなしさの中で、父から送られてきたピーマンを冷やして食べた。

「ごめんなさい」

父に直接言いたかった言葉を、言わなければならなかった言葉を、聞こえるはずもない遠く狭い場所で、やっとつぶやいた。

送られてきた野菜を食べるたびに、その味や食感が、愛されていた記憶を呼び起こす。

どんなときも愛されていたのに、そのときは気がつかず、好き勝手を言っていた自分を思い出して、叫びたくなったりもした。


わがままで上京してきただけで将来のことなど考えていなかったが、父の作った野菜で飲食店をやれたら……。

ふとそんなことを考えるようになり、自炊を始めた。

料理を覚えるために、調理場で働ける店でアルバイトも始めた。

知り合いや友達が増え、少しずつだが生活にもなじんでいく。

「ゆかり、元気か？」

「うん、元気だけど」

「そっか。今日パプリカを送ったからさ。ピクルスにしてもいいし、まあ、面倒だったらそのままかじればいい」

「お父さん、パプリカなんて作ってた？」

「いや、まあ俺もな、新しいことをしなきゃと思って」

「そっか。ありがとう」

「金は大丈夫か？」

「うん。大丈夫だよ」

「まあ、バイトするのもいいけどな。今の時期しかできないこともあるから。無理せず、我慢せずな」

「うん。無理も我慢もしてないから。うん」

「まあ、ご飯をしっかり食べてな」

　ときどき父から電話がかかってくる。

　一緒に住んでいたときよりも、ストレートに気持ちを話せるようになった。


　大学とバイト先をひたすら往復する毎日だったが、ある日、華やかな同級生に連れていかれた合コンで知り合った男性から、デートに誘われた。

　前夜は寝つけなくて、当日は早く起きてしまい、そんな自分に照れ笑いを浮かべた。

　数少ない服から何度も選び直して普段より少しだけおしゃれをして、普段より少しだけ多めにお金を財布に入れ、待ち合わせ場所へ向かった。

　映画を見て食事をするというありきたりなデートだったが、つどつど発生するお会計のときの気まずさにかなり疲れた。

　お会計の心配からようやく解放された帰り道、男性から突然、手を握られた。

　心臓がバクバクして声をあげそうになったが、懸命に平静を装った。

だけど。

　視界に入ってきたのは、手を握った男性が見せた一瞬の不快感。

　その顔を見て、自分の手荒れがどれだけひどいかに初めて気がついた。

　自然と手を離されて、自然とデートの終わりを告げられ、自然と帰路についた。

　部屋でひとりになって、荒れた手のひらを見つめる。

大丈夫、こんなの人は見てないよ、と都合よく考えてしまっていたことや、手を握られたときにバクバクしたことも、すべてが情けなくて泣いてしまった。

それでも、父との約束だけは守ろうと、冷凍庫に入れておいた「ことみ」のおにぎりを温めて、口に入れた。

何度も何度も食べてきた、ことみ特有の赤シソの優しさ。

味わっていると、涙は止まらないのに思わず「おいしい」と言ってしまい、笑ってしまう。

こういうときは何を食べても味がしないと思っていたのに、ことみはいつだっておいしい。


病院に行ったり、テレビの民間療法を試したり、できる対策はしてきた。

いちばんいいのは調理場で働くのをやめることだろうが、それだけはしたくなかったので、荒れた手のまま日々を送った。

「キッチンのみなさん、お願いがあります。卒論のテーマを手荒れ対策にしまして、手荒れ用の薬をたくさん買ってきたので使っていただき、データを取らせてください。お願いします」

ホール担当の大柄な男性が、足をひきずりながら変なお願いをしてきた。

一瞬でウソだとわかった。

私のために買ってきてくれたのだ。

全員にお願いすることで、私が使いやすくなるようにしてくれた配慮が嬉しかった。

さわやかで社交的な明るいキャラを、一生懸命演じているのがバレていることにも好感を抱いた。


それがきっかけで、何度かデートを重ねた。

またひどく緊張するかと思ったが、ホールで働く彼の姿を見ていたし、大柄な男性が自分の何倍も緊張しているのを見て笑ってしまい、楽しく過ごすことができた。

自然と付き合うようになり、自然と家に招いた日、自然と夕飯を出したら、彼の箸が止まらない。

「うま！　うっま！」

「そんなに？　普通の野菜炒めだけど」

「うま！　うまいです」

「まあ野菜は確かに新鮮だけどさ。別に味つけは普通だと思うけど」

「あ〜うまい。ご飯おかわりできますか？」

「まだおかわりするの？　そんなに食べて大丈夫？」

「いや、だってうますぎて」

「いいけど、ご飯もうちょっとしかないよ。もっと炊く？」

「あ、はい。お願いします！」

「え、炊くの？　もう三合食べてるよ」

「うますぎて止まらないです。どうしましょう？　自分で米とぎますから」

「それはいいけど……。炊けるまでピクルスでも食べる？」

「はい」

「あ、食べるの？」

「うますぎて止まらないです。どうしましょう？」

「どうしましょうって……。まあ、食べたらいいよ」

実家の父はそんなに食べるほうではなかったので、その男性の食欲には驚いた。

父の作った米と野菜はおいしい。

それを裏付けてくれる彼の食べっぷりを教えてあげたかったが、付き合っていることを話すのが恥ずかしくて、

「友達に食べさせたら、おいしいってさ」

そんなニュアンスで済ませてしまった。

大柄な彼が先に就職をして、よくある別れの危機なんかも訪れたが、彼のガッツのおかげでそれも乗り切った。

私が大学を卒業する前に、２人で沖縄旅行をすることになった。

那覇空港に降り立つと、気温や湿度すべてが東京とも宮城とも違う、味わったことのない空気が迎えてくれた。ただし、大雨だったけど。

国際通りに面したホテルの窓から、傘では立ち向かえないレベルの大雨を眺める。

少し雨足が弱まったように見えたから、国際通りに出かけて沖縄そばや泡盛、シーサーが描かれたセール品のお土産なんかを買う。

その道中で再び雨が強まり、全身びちゃびちゃになってホテルに戻る。

それを繰り返すうちに何度目かのびちゃびちゃで諦めがつき、ホテルの部屋でも家と同じように過ごすことに決めた。

シーサー柄のTシャツを着て泡盛を飲み、サラダのドレッシングの味比べをしているときだった。

「ゆかりちゃん、僕と結婚してください！」

大柄な彼はそう言って、事前に用意していたらしい指輪を渡してきた。

「え？　今？　今、言う？」

「あ……いや」

「シーザードレッシング食べ比べしてるときに言うこと？　せめて、どのドレッシングがいちばん好きか決まってからじゃない？」

「いや、その……」

「なんか、私の人生をバカにされたような感じがする」

「そんなつもりはなくて！」

「沖縄に来て、大雨でホテルから出られなくてドレッシングの食べ比べしてるときに、結婚してくださいだよ？　ロマンも何もなくない？」

「何もない……確かにロマンはないけど、何もない時間にも幸せがいっぱいあったから、結婚したいって思ったんだ！」

「まあ……。でも私、夢というかやりたいこといっぱいあるし、いずれはお父さんの畑を手伝うために宮城へ帰っちゃうかもしれないわよ。お父さんの米と野菜で飲食店もやりたいし。私、家庭に収まるタイプじゃないから！」

「全然いいと思うよ、賛成。ゆかりちゃんは夢に向かって歩んでほしい」

「本当に？」

「僕は、ゆかりちゃんの夢の登場人物になれるように、日々粛々と暮らしていくよ」

「私の夢の登場人物って……ふふっ。結婚したからって、そんな簡単に出られるわけじゃないからね。コネでキャスティングはしないから！」

「わかってる。わかってるよ」

「私の夢の登場人物になりたい人は、いっぱいいるんだから。オーディションは厳しいよ！……まあ、結婚するのはいいけどさ」

「ありがとう！　これから過ごす日々を見て、しっかりオーディションしてください」

「……はい。よろしくお願いします」

結婚するとは思っていた。

プロポーズされたのも嬉しかった。

素直に受け入れればよかったのに、値踏みするような言葉を並べてしまったのは、大雨のせいだと思うようにしている。


沖縄の景色は一切見ることなく旅行を終えたが、大雨のおかげで、どこにも行けないのに終始楽しそうにしている大柄な男性を見られた。

降り続いた大雨は、帰りの飛行機に乗るために空港に着くとウソのように上がり、すっきりした青空が広がっていた。

「ゆかりちゃん、すごくきれいだね」

「きれいだけど、昨日やんでくれてもよかったんじゃないの？　絶対、昨日でやんだでしょ、これ。どうなってんのよ」

モシャ
モシャ
モシャ
モシャ
モシャ

「きれいだなあ……。これからの僕たちの人生を表してるみたいだね」

「ちょっとなに、変なこと言って。似合わない。……でも、きれいね」

これから先、土砂降りのような日があっても、楽しそうなこの人がいればきっと私は幸せだろうと思った。

でも、思ったことを言われたのでつい照れてしまい、強がってしまった。


東京に帰ってから、同棲を始めることにしたので、部屋を解約するのを機に宮城に戻って、父に彼を紹介した。

父はいつも以上に無口で、ビールを飲んでいた。

大柄な彼は、父の前で小さく縮こまっていた。

いつもの2人を知っているぶん、そのギャップに笑ってしまいそうになるのを必死にこらえて食事のしたくをした。

料理を並べると、2人とも態度はそのままなのに箸が止まらない。

その姿がおかしくてたまらず、今度は声を出して笑ってしまった。

2人は無口と小柄なまま酒を飲み続け、次の日に私が目を覚ますと、ほぼ意識のないへべれけの状態でまだ飲み続けていた。

2人の顔にはしっかりと泣いた痕跡があってカピカピだった。

何がどうなってそうなったのかわからないけれど、きっと打ち解けたのだろう。

＊＊＊＊＊

突然、電話の着信音が鳴る。

餃子は残り一つになっていた。

手が汚れていたので洗いたかったが、父からだったので心配をかけたくなくて慌てて電話を取る。

「もしもし、お父さんどうしたの？」

「壮太と香織は元気か？」

「うん、変わらず元気よ」

「そっかそっか。あのな、香織のランドセルまだ大丈夫か？　新しいの買わなくて平気か？」

「まだ一年しか使ってないのに、壊れるわけないでしょ」

「大きくなってサイズが合わなくなったとかないか？」

「大丈夫、大丈夫だから」

「なんかあったら言えよ。あとさ、こっちで果物を作ろうかなと思ってるんだけどな。壮太と香織は、果物は何が好きだ？」

「果物って、野菜とはまた勝手が全然違うんじゃないの？　難しくない？」

「まあな。だけど、野菜作ってるじいちゃんより、果物作ってるじいちゃんのほうが子どもにはいいだろ？　果物のほうが会いたいって思ってもらえるだろ」

「今も十分会いたいって言ってるけどね」

「そうなのか？　会いたいって言ってるのか？」

「なに照れてるの？」

「いや、まあ。ゆかりはちゃんと食べてるのか？」

「うん、食べてる。何をするにしても、まず食べてからにしてる。順番守ってるよ」

「うん、それならいい。うん」

「お父さんは大丈夫？」

「ああ、みんなよくしてくれてるし、大丈夫だ。またすぐ送るわ。じゃあな」

父は、自分のことをじいちゃんと呼ぶのが当たり前になり、以前よりずいぶん饒舌になった。大柄な男性は、自分なりの理想の父親像を演出するのが当たり前になり、私はそんな彼をお父さんと呼び、壮太と香織からお母さんと呼ばれるのが当たり前になった。

最後の一つを包み終えると、フライパンに油をひいて餃子を並べる。

おいしくなれと願いを込めて火をつける。

しばらく焼いてから、お湯を入れて蓋をする。すると、パチパチという軽快な音が聞こえてくる。

冷蔵庫からサラダを取り出し、数種類のドレッシングを並べる。

ドライフードの卵スープにお湯を入れる。

フライパンのパチパチという音が弱まってきたら蓋を開け、縁に沿ってごま油を回し入れて焼き目をつける。


「ご飯できたよ～」

いつからか、大きな声で呼ぶのが当たり前になっていた。

お父さんが急いでお風呂から上がり、席に着く。

「壮太、香織、ご飯できたよ」

もう一度声をかけると、

「宿題もう少しで終わるから、終わってからにして」

「同歩」

「香織、将棋の言葉で言うのやめてよ」

「やだ」

「やめてよ」

「やだ」

「やめてよ」

「やだ」

「やめてよ」

「やだ。はい、千日手成立」

壮太と香織は何かにつけて口喧嘩をする。これも当たり前になった。

「喧嘩するなら、食べてからにしなさい。早く来て！」

やっと全員が揃うと、「いただきます」の三重奏。

これも当たり前になった。

当たり前になったが、何度聞いてもいい。

「お母さんって、いただきますって言うと絶対笑うよね」

「わかる。絶対笑う」

壮太と香織にそう言われて初めて、自分が笑っていることに気がつく。

そりゃ、笑っちゃうよ。

みんなのおかげで、日常があの日見た沖縄の空みたいなんだもん。

毎日、毎日、楽しすぎるんだもん。

毎日、毎日、こんな日が続けばいいなって思えるんだもん。

たまに、こんな日常を面倒くさいと思う贅沢をするんだもん。

突き抜けるほどきれいな日常の中で、成長を見守り、ともに歩き、しっかり老いていく。

気がつかないうちに、自分にぴったりの最高のプレゼントをもらっていた。


「おかわり！」

「この餃子なんか違う！　もう一個！」

「お母さんの餃子は、なんていうか……うまい」

「うまい！」


いつか父に謝りたい。

だけど、最近は父と電話をしても壮太と香織の話ばかりで、聞いてもらえない。

いつかその日が来たら、ちゃんと謝ろう。

第⑦話

バーベキューはおじいちゃんを囲んで
～これは家族みんなの物語～

部活は休みだったけど、インターハイ予選が近いので、ジャージに着替えてストレッチをしていた。

すると、マネージャーと初心者の一年生が、僕がいることに気づかずに部室に入ってきた。

しなきゃいけない理由がひとつもないスキンシップをお互いにしている。

2人は僕を見るとスキンシップをやめて、互いにどうするか目を合わせている。

マネージャーはすぐにいつもの笑顔に戻って、「壮太くんには言おうと思ってたんだけどね」と気まずそうにしている。

初心者の一年生が、取り繕《つくろ》うようにこう続けた。

「今度、一緒に自主練させてください！　SNSに『エースと練習』って投稿したいです」

僕はいたたまれずにうなずいて、すぐに走りだした。

練習ではない。逃走だ。

2人の姿を見ないで済むように走った。走り続けた。

部室に戻ると、スパイクやジャージを強引にバッグに押し込んで、二度と戻ることはないであろう部室に一礼した。

マネージャーは自分のことを好きなんだと思い込んでいた。恥ずかしいとしか言いようがないほど恥ずかしい。


家に着き、玄関のインターフォンを押すが、反応がない。

母が買い物に出ていてたまにこういうことはあるが、その日はイライラして何度もインターフォンを押し、開くはずのないドアノブをガチャガチャと回した。

「何してるの？」

振り返ると、息を切らせた妹がいた。

＊＊＊＊＊

中学校に入学したとき、どの部活に入ろうかと迷った挙句、自分は何かをするよりも、何かを見るほうが好きだなという結論に達し、すべての部活の部員全員を密かに応援しようと決めた。

応援部に入ると、それはそれで意味が違ってきてしまうので、どの部にも入らなかった。

でも、今はそのことを後悔している。運動部に入っていれば、もっと速く走れたのに。速く走りたくてしょうがないのに。

肺からのSOS、脇腹の痛み、カバンの重さに、走るのをやめて歩いてしまいそうになる。

頭と体の意見が一致せず、頭が体の意見に呑み込まれそうになるのを、必死で拒絶する。

香織の香は香車の香だ。香はどこまでも真っすぐ進むんだと自分を奮い立たせて走る。

一歩進むたびに、カバンの中身がその重さで頭を恫喝してくる。

家の前の歩行者用信号が点滅していたのをぎりぎり駆け込むと、車にクラクションを鳴らされたが、振り返ることもできずにそのまま走り抜けた。

家の前では、壮太がドアノブを壊さんばかりの勢いで回している。

お母さんがいないことを知らないのか？

「何してるの？」

声をかけると、壮太が怒りに満ちた表情でこちらをにらんでいる。

「え、スマホ見てないの？」

壮太はそれでやっとスマホを取り出した。

＊＊＊＊＊

普段はめったにかかってこない妻からの着信。

席を立って目立たないところに移動すると、ひどく動揺した声がする。

「もしもし、ごめんね。お父さんが倒れて……」

まずは君が謝る必要など何もないと伝えて、妻を冷静にさせる言葉を探す。

私は妻しか女性を知らない。妻しか知らない人間が、妻ひとりを冷静にできないでどうする？

今まで歩んできた日々を思い出し、言葉を探す。

導き出した答えは、言葉ではなく、ゆっくりと相槌を打つことだ。何も言わず、私に気を使わせないよう思いを吐き出させるのだ。

少しだけ会話のリズムがランダムになるよう、相槌を打つ。

それでもまた、妻が頭の中を整理する時間をつくる。

「私、宮城に戻るけど、夕飯とか作ってなくて。冷凍庫に……」

妻はこんなときでも、食事を気にする。

その思いやりに感謝を伝えたくなるが、それでも何も言わずに相槌を打つ。

妻が、妻の取るべき行動だけを考えられるように、「こっちは大丈夫だから」といった余計なことも言わない。

ただすべてを任せろという思いを込めて、「わかった」とだけ言って電話を切った。

はたからは冷たく聞こえたかもしれないが、妻を冷静に行動させるにはこれしかない。

妻は、自分の都合で家族みんなの日常が変わるのを極端に嫌がるのだ。なんの罪もないのに罪悪感を覚えてしまう。

今の電話での冷たい態度は、いつかしっかり謝ればいい。

自分のデスクには戻らず、そのまま社長の席へ行って事情を説明し、早退をお願いする。

お願いというよりは、宣言？　表明？　とにかく決定事項だ。私が早退したところで状況が変わるわけではないが、
壮太と香織のそばにいて、余計な心配をさせないようにしたい。

私は家族がいちばん大事だ。正しくは、順位なんてつかないほど家族が大事だ。

一刻も早く家族に姿を見せることが、今の私がなすべきことだ。

＊＊＊＊＊

生井さんが、勢いよくこちらに向かって歩いてくる。

一瞬、愛の告白かとドキドキしたけど、そんなはずはない。

いや、ある意味でそれは愛の告白だったのかもしれない。もちろん私にではなく、奥さんのことを案じて早退したいという相談だったからだ。

生井さんは奥さん思いで、私は生井さんのそんなところに惹かれている。わかっていることだけど心が痛むし、心が痛むことに慣れている自分に気がついて、また痛む。

だけど、今はそれを考えるときではない。私にできることは、社長として「こっちは何とかするから、すぐに行ってあげて」と送り出すことだけだ。

＊＊＊＊＊

祖父のことは心配だ。心配なのに、マネージャーと一年生のことが頭をよぎってしまう。

「今度、一緒に自主練させてください」という一年生の言葉。

今度じゃなくて今日やれよ、と今さらながらに思って腹が立つ。

こういうときは「まず食べるのよ」と言われているが、あいにく今日は母がいないのだ。

あー、夕飯どうしよう。おなかすいたな。

そこに、父が帰ってきた。

＊＊＊＊＊

お父さんが、おじいちゃんの状態を詳しく報告してくれた。

ここ数年、加齢とともに心臓の調子が悪くなっていたこと。農作業中に倒れて救急車で病院に運ばれたこと。

おじいちゃんがひとりで暮らしていることは知っていたのに、からだのことなど心配していなかった自分の浅はかさが苦しい。

でも、泣いたら嫌な未来を受け入れることになりそうだから、涙を流さないように歯を食いしばる。

冷静に、落ち着いてと自分をなだめても逆効果で、歯を食いしばれなくなる。

だから、強がれ、意地を張れ、無駄に重く考えるな、と叱咤激励する。

限界を超えてもなお叱咤激励を続けて涙を阻止した。

そのとき、口から勝手に言葉がこぼれ出た。

「まあ、人はいつか絶対に死ぬし」

あ……。

＊＊＊＊＊

香織が茫然としつつも冗談のようなトーンでそう言ったのを聞いた瞬間、父親として、人間として、我を忘れて怒鳴りそうになった。

だが、今は自分の感情はどうでもいいんだ、と言い聞かせてなんとか抑えた。

香織が本心では言っていないこともわかっている。

この子は心に耐え切れないことが起こったとき、わざと毒づくことでバランスを保とうとするクセがある。こういうときの言葉を言葉のまま受け取ってはならない。

ただ、言葉が強いので、今は黙り込んで怒りが収まるのを待つ。

＊＊＊＊＊

香織の言葉を聞いたとき、ああ、死にたいな、と思った。

好きな子に彼氏ができたことも、祖父が大変なときに好きな子のことを考えている自分のことも、嫌になってしまった。

嫌になったのに、それでもおなかがすく自分にまた嫌気がさして、黙り込んでしまう。

＊＊＊＊＊

あ、なんてことを言ってしまったんだろう。

つぶやいてから慌てて頭の中でかき消すが、発してしまった言葉は消えない。

お父さんと壮太が黙り込んだのを見て、撤回することも謝罪することもできずに私もまた黙ってしまった。

＊＊＊＊＊

仙台駅に着いて、在来線のホームに移動しながら時刻表を見ると、発車するのは20分後だという。

そこで、改札を出てタクシーに乗ることにした。駅前は混んでいたが、五橋《いつつばし》を超えた辺りからはスムーズに走りだす。

20分待って電車にしたほうが早く着いたかもしれないが、何もせずにじっとしているのに耐えられなかった。少しでも動いていたい気持ちを優先した。

徐々に懐かしい景色が見えてくるが、それを眺める気にはならず目をつむる。

岩沼の総合病院に着き、ひっそりと薄暗い病棟に入ろうとすると、「ゆかりちゃん」と呼ぶ声が聞こえた。

禁煙の敷地内からぎりぎり外に出たところでタバコを吸っている作業着の男性。父が倒れたという連絡をくれたミートさんだ。

ミートさんはタバコの火を消して、携帯灰皿に吸殻を入れながら、「明日、退院するってさ」とあっさり言った。

＊＊＊＊＊

何か話さなければ、と言葉を探していると電話が鳴った。

覚悟を決めて出ると、妻の間の抜けたあきれたような声が聞こえてきた。

「なんだかお父さん、元気すぎるんだけど～。なんかごめんね」

その声を聞いて、壮太と香織に笑顔を向ける。壮太はほっとした表情で反応してくれたが、香織は応じない。電話を切って改めて状態を伝えたが、香織は何も言わずに自分の部屋へ上がっていってしまった。

壮太も自分の部屋へ戻ろうとしたので、「じゃあ、今日の夕飯は弁当買ってくるわ」とだけ伝えて家を出る。お義父さんの体調も、妻に「ごめんね」と言わせてしまったことも、壮太と香織の無言も、すべてを気にしないとならない。

＊＊＊＊＊

実家でひとり過ごすのは、人生で初めてだ。

リフォームされているので、自分が住んでいた頃とは勝手が違うはずなのに、それでもなぜか落ち着くのは実家の実家たるゆえんだろう。

大きなテレビの横には、壮太や香織の写真とともに、コンバインに乗った子どもの頃の自分の写真も飾ってあった。

病室で話す父は、いつも以上に元気だった。連日飲みすぎて体調を崩しただけなのに、周りが大げさに騒ぐもんだから、と饒舌に話して、面倒を見てくれたミートさんと、近所の彦文さんとで軽口をたたき合っていた。

＊＊＊＊＊

妻と電話で話し、しばらく実家にいてほしいと伝えた。

壮太や香織、私の食事を気にして決めかねていたが、妻が自分のことを後回しにしているときは、こちらの意見を強めに言うようにしている。

「ごめんねえ。じゃあ、そうさせてもらう」

妻が家を空けることはこれまでもあった。あのときは壮太と香織も小さくて、正直大変だったがやりきれた。

今回も大丈夫。私は、妻と壮太と香織が、平穏な日々を送るために生まれてきたのだ。

以前のように使命を全うすればいい。

自分の疲れとか感情なんかは、どうでもいい。

＊＊＊＊＊

お父さんから、お母さんがしばらく帰ってこないと告げられる。

おじいちゃんのそばにいてあげたいだろうし、大賛成だ。

少しだけほっとして、現実を忘れようとウォーズ将棋を開く。

対戦相手は三段の方。圧倒的な格上だ。強すぎて対局前からやる気が削がれるが、相手の方は一回も指さずに時間だけが過ぎて、勝ちになった。

一瞬、相手に何かあったのかと心配になったが、倒れたおじいちゃんに言った自分の言葉を思い出す。

＊＊＊＊＊

父から食費をもらって夕飯を食べる。最初はチェーンの牛丼店やラーメン屋に行ったが、すぐに行く気がしなくなり、父が買っておいたレトルト食品を食べるのが日課になっていった。

母がいれば、「ご飯できたよ」の声で集合して、妹と一緒に食べていたが、その声がないと一緒に食べるきっかけがない。それぞれが別々に食べるようになっていった。

＊＊＊＊＊

自分が発してしまった言葉への罪悪感や、そのくせお母さんの料理を食べたいと思ってしまうわがままな自分が許せなくて、余計に食事を取る気がしない。学校で普通に振る舞うのもしんどくなってきた。

お父さんや壮太が、私の言葉をいさめるどころか、気を使ってくる。つらいのはみんな一緒なのに、私だけ甘やかされているようで情けない。謝って取り返すまで踏ん張って進むしか方法はないのに、その気力が起きない。

おじいちゃんが無事だったことを、先延ばしの理由にしてしまっている。

残酷な勝負に何度も挑む、棋士の先生方の精神力を尊敬しているのに、自分はそれを真似できない。

＊＊＊＊＊

ここ一、二週間、なんか生井の様子がおかしい。

きっと何かあったのだろうけど、聞いても俺には解決できないだろうから、聞かない。

無力な自分にできることは、文久神社でお参りをするくらいだ。

あそこにいる猫は、生き物としてオーラが違う。話しかけるとき、自然と敬語になってしまうほどだ。たぶん神様か、神様に近い生き物なのだろう。

あの猫にもお願いしよう。神様はいるかどうかわからないが、行けば確実にそこにいる猫に毎日お願いすれば、きっと生井の抱えている何かはいい方向に解決するはずだ。

＊＊＊＊＊

退院してからの父は、周囲に対してというより、自分自身に対して倒れたことを認めたくないようで、無理して元気に振る舞っているように見える。

一緒に暮らしていないからそう見えるだけで、それが日常なのかもしれない。わからないのが、もどかしい。

お医者さんから安静にと言われているのに、「これくらいは」と言って聞かず、今日も簡単な畑仕事をしに外に出ていた。

快気祝いに国分町に行くのだけはどうにか止めたが、他のことは難しい。

楽しみを奪って気落ちさせても逆効果な気がするし、どうするのが正解かは正直わからない。

＊＊＊＊＊

父としてやるべきことをしなければ、と息巻いてみたものの、2人はもう高校生と中学生。悲しいかな、あまり手がかからない。そのぶん会社に迷惑をかけずに済んでいるからいいのだが、当初の決意を忘れそうになるほどすることがないので、拍子抜けしてしまう。

いっそ家族で岩沼にでも移住して、農業に従事するのもいいな……なんて、将来を考える余裕さえある。壮太は大学に進学するなら、東京でひとり暮らしか。香織はどうしたいのだろう？　じっくり腰を据えて話したいとは思うものの、その機会がない。

そのとき、メールの着信があったので何げなく開いてみた。

「集中治療室に運ばれました」

＊＊＊＊＊

母からの連絡を見て、それがどれくらいよくないことなのかがわからず、検索して時間が止まった。

一度は元気になったのに、なぜ？　受け入れたくない現実を前に、理解が追いつかない。

祖父は優しい。一度も怒られたことがないし、ちょっと手伝っただけでずっと褒めてくれる。試合に勝ったと伝えたら、その結果を祝ってくれるし、負けたと伝えたら、結果ではない部分を称賛してくれる。

あんなに優しい人が、いったいどうして？

ああ、私があんなことを言ったからだ……。

謝る機会はあると思っていたのに、それまでに勇気や覚悟を決めたいと考えていたのに、その機会さえ与えてもらえないのか。

私の読みは、とことん浅いな。

壮太は部活をやめ、お父さんは早起きになったのに、私は考えるふりをしているばかりで、何もしていない。

＊＊＊＊＊

「連絡できるときに電話ください」とメールをしてから、2時間後に妻から電話がきた。

お義父さんが意識不明なこと、もしもの可能性が高いこと、意識を取り戻しても障害が残るかもしれないこと。

僕もすぐに向かうと伝えたが、「来られると、そうなりそうで……ごめんなさい。それに、壮太と香織は学校あるし」と断られた。

妻がそう言うなら尊重しよう。ただ、自分の気持ちは挟まないと決めていたのに感情が漏れてしまった。

「わかったから、二度と謝らないでほしいです。それだけお願いします」

妻は口ごもって「……わかった。えっと、じゃあ、よろしくお願いします」とだけ答えた。

＊＊＊＊＊

「食べたか？　まずは食べろよ」

頭の中で、笑った祖父がそう話しかける。祖父と母の口ぐせは一緒だ。

僕は食べているが、妹は食べている様子がない。食費をもらっているのに、なぜだ？
つらいことは重なることがあるというし、何かあったのか？
別々にご飯を食べていたから、最近あまり妹と話していない。
少しずつ距離ができてしまうと、その詰め方も悩ましくなる。

＊＊＊＊＊

お母さんがいなくなり、家の中のバランスが変わった。
新たなバランスを探さないと崩れてしまいそうだ。
それもこれも、私が無力で迷惑をかけているせい。

＊＊＊＊＊

集中治療室の前のロビーはとても静かだ。電子音が一定のリズムで聞こえてくる。
お医者さんや看護師さんが出入りするたびに緊張が走るが、私を気にする様子はない。
気にかけている暇もないのだろう。

＊＊＊＊＊

本当は母になりたかったが、母のあの存在感、行動力、性格を考えたら無理。
そもそも母はひとりだけでいい気もしたので、僕はこの家の料理長になろうと思った。
祖父に「食べたか？」と聞かれたとき、いつでも「食べたよ」と答えられるように。
幸い時間はあるのだ。

壮太に詰問されて、反射的に言い返してしまった。

私がダメなのはわかっているけど、話を聞いてほしい。

＊＊＊＊＊

＊＊＊＊＊

生井の何かが解決しますように。

お百度参りではきかないほど文久神社にお参りした。神社の猫にもお願いした。

生井は、仲良くしていた友達のエリコとも最近はあまり話していない。

エリコに話を聞くと、

「考えてるときは、お互いそっとすることにしてる。そのかわり、答えが出たり、泣きたいときはいつまでも話を聞く関係だから」

そう返ってきた。喧嘩ではなくてよかった。

答えが出たり、泣きたいときに話したい相手は、俺ではない。

だから俺は、ひと息ついてほしくて生井に猫の話を投げかけてみた。

猫の話なのにそこまで興味を示さない。それほど抱えている何かが大変なのだろう。

お参りする回数を増やすことに決めた。

＊＊＊＊＊

言葉にするのは難しそうなので、壮太に誕生日プレゼントを買った。

物でどうにかしようとするのは情けないが、ほかに方法がない。

家に帰ると、壮太が夕飯にステーキを出してきた。食べ終わって、初めて壮太が部活をやめた本当の理由を聞いた。

おじいちゃんのこともあるのに、起きてはならないことが壮太の身に降りかかっていたなんて。

黙ってそれをこらえていたのかと思うと、涙が止まらなかった。

＊＊＊＊＊

最近は、駅から自宅までの距離を短く感じるようになった。

今後のことをどう話そう、と考えても答えは出ないままだ。

帰宅すると、キッチンで壮太と香織が泣いている。自炊をした形跡もある。

今ならいろいろ話せるのではないかとも思ったが、答えがまとまっていないのでつい変なことを言ってしまった。

「自炊は勝手にやっていいけど、油とか気をつけろよ。火事になったら大変だからな！　火事になったら大声で周りに知らせろよ。恥ずかしがるなよ！　そこは恥ずかしがるところじゃないからな。恥ずかしがるなよ。どんなときも恥ずかしいと思ったときほど、やってみろ！」

妻に合わせる顔がない。

そのとき、突然着信音が鳴った。覚悟を決めて電話に出る。

「お父さん、意識が戻ったのよ」

＊＊＊＊＊

帰る気になれず集中治療室の前で座っていたら、中から歓声が聞こえてきた。

今まで私のことを見ないように通り過ぎていた看護師さんが、一直線に私のところへきて、

「意識が戻りました！」

目に涙を浮かべながら笑顔で伝えてくれた。

その表情を見て、この人たちがどれだけの思いで向き合ってくれていたのかがわかり、何度も何度も「ありがとうございます」と口にしていた。

病室に入れてもらい、まだ話すことのできない父に話しかける。

手を触ると、限りなく弱い力だったが、握り返してくれた。

お医者さんから、あとは脳に障害がどれほど残るかが問題です、と告げられたが、生きていてくれたらそれでいい。

＊＊＊＊＊

父は日に日に体調を取り戻し、起きている時間も長くなっていったが、そのたびに何度も何度も同じことを繰り返すようになった。

「バイトばっかりして授業に出ないとかやめろよ。金は何かあったら言え」

「米だけ炊いておけば、あとは缶詰でも、スーパーの総菜でも買って食えばいい。まずは食べろよ。そこの順番だけは間違えるなよ」

「食ってから、勉強。食ってから、遊ぶ。食ってから、バイト。何をするにしても、まずは食べろよ」

私が上京した日の記憶に戻っているのだ。

父は自分でも記憶や言葉に自信がないのか、ある程度話すと黙ってしまう。だが、しばらくするとまたあの日を繰り返す。

最初のうちは、いちいち「違うでしょ」と否定していたが、何度目かで、あのときに言えなかった言葉を口にした。父にとって、あの日がどれほどの日だったのだろう。

ありがとう。

ごめんね。

何度も何度も、本当は言いたかった言葉を伝えた。

＊＊＊＊＊

すぐにでも祖父に会いに行きたかったが、父の判断でもう少し容体が安定してからということになった。

その日は、ポトフを食べた次の週にやってきた。

祖父は、毎日毎日、母が上京した日の記憶を繰り返しているらしい。たぶん僕らのことはわからないだろうと伝えられていた。

それが安定した状態だというのはつらかったが、それでもひと目会えるのが嬉しかった。

＊＊＊＊＊

新幹線の車内では、ウォーズ将棋もせず、本も読まずに、ひたすらおじいちゃんに謝る練習をしていた。

私のことは忘れていてもいい。伝わらなくてもいい。

自分が発してしまった言葉のことを、ちゃんと謝りたい。

＊＊＊＊＊

病院の医師や看護師のみなさんへ手みやげを渡したいが、そういうのは受け取らない決まりだそうだ。

それでもどうにか感謝の気持ちを伝えたくて、居酒屋「堀内関」に行って事情を話したら、水ようかんのピンチョスを作ってくれた。

これなら、お礼を言わずに「うまいんで、食べてみてください！」と純粋にすすめられる。

＊＊＊＊＊

病室に入って、祖父を見つける。目は合ったが、僕のことを認識している様子はない。

もう「食べてるか?」というあの声をかけてもらえないかもしれない。

そう思いながらも話しかけようとすると、妹が、

「〝人間はいつか死ぬ〟と言ってしまいました。ごめんなさい!」

周りを気にせず大きな声で謝った。

病室で言うべき言葉ではないし、いきなり言われても祖父には意味がわからないだろう。

だけど、それで妹が背負っていた罪悪感を拭えるなら、ちゃんと謝ったほうがいい。

そのとき、祖父がぽつりと口を開いた。

「香織、人間はいつか死ぬよ。だから、死ぬまでに楽しいことをいっぱいするんだよ」

＊＊＊＊＊

「壮太、何か食べたか? 駅前にジャーさんの店があるから。あそこなら若い人も好きなんじゃないか」

信じられないことに、父の記憶が一気によみがえった。

何日もあの日ばかりを繰り返し生きていたのに。

父としてよりも、祖父としての自覚のほうが上回ったのだろうか。

私が謝ったときに思い出してくれてもよかったんじゃないの? 母としてよりも、娘としての意地が顔を覗かせる。

周りにいた人たちが父の言葉に頷き、「そうだよ、楽しいことしないと」と笑い合っている。

香織ことはあとでしっかり叱らないといけないが、今はただ嬉しい。

＊＊＊＊＊

僕たちが気になっていた言葉を、妹自身がいちばん気にしていたんだな。

あのとき黙り込まずに、何か言ってやればよかったと後悔した。

だから僕は僕で、兄として謝る姿を見せようと思った。同じく祖父に謝らなきゃいけないことがある。

「おじいちゃん、野菜をカサマシだと思っていてごめんなさい」

ぷっと妹が吹き出すと、それにつられるように父も笑った。祖父も微笑んだ。母は苦笑していた。

久々に家族全員の笑顔を見ることができた。

＊＊＊＊＊

「壮太、私が料理を作った時間を返しなさい！　野菜をカサマシだと思ってたなんて……」

妻は怒っているくらいが彼女らしくてちょうどいい。壮太がぶつぶつと言い訳しているのも懐かしい。

いっそ私も、シチューを食べてしまった件をここで謝ろうかと思ったが、その勇気がなくてはぐらかしていると、お義父さんが思わぬ提案を口にした。

「新米の季節に、みんなを呼んでバーベキューしたいな。みんな呼んでな、みんな」

その言葉で話題が変わった。

お義父さんには助けてもらってばかりだ。

＊＊＊＊＊

エリコに最近のできごとを話す。他人の家の話なのに、エリコは真剣に聞いてくれる。

そして、最後にこんなことを教えてくれた。

「井出が、文久神社で香織のためにお百度参りしてたらしいよ」

私のため？　さすがにそれはないでしょ。

井出がどんな思いでそんなことをしているのかなんて、井出以外の誰にもわかるはずがないし。

「井出は認めないんだけどさ。絵馬に井出の字で『香織の願いが叶いますように』って書いてあんのよ。見に行ってみたら？」

人の願いごとを見るなんて……とも思ったが、この際そんなことはいい。

心の中に、知らない感情が芽生えたのを自覚した。

＊＊＊＊＊

在宅グルメ紀行で沖縄に行った翌週、スーパー二重丸のバイトの面接を受けた。店長は僕の顔を見てびっくりしていたが、その顔もかわいらしかった。

「うちにはパワハラなんて言葉はないからね」

「ありますよ」

後ろから聞き慣れた声がかかる。座っている僕の頭上で、店長とあの切れ長目の店員さんとの喧嘩が始まった。

そこに、おじいさんの店員さんがやってきて、

「わからないことがあったら、なんでも聞いてね」

と言って、つけていた「研修中」のバッジを外して僕にくれた。

「段野さんはまだ研修中です。勝手なことしないでください！」

おじいさんも店長に怒られている。

＊＊＊＊＊

父は無事退院し、薬をしっかり飲んでいれば大丈夫らしい。父も一度目で懲りたのか、自制しながら暮らしてくれている。

ミートさんに促され、数日前にいったん東京の家に戻った。夫からは、ゆっくり休んでという意味で外食を提案さ

れたが、久々に料理を食べさせてあげたいから断った。

それに、壮太が働いてる姿も見てみたいし。

キッチンの炊飯器に、洗い残されたギトギトの脂汚れを見つけて、自分が3人に助けられてきたことを痛感した。

＊＊＊＊＊

自分が料理長になってから母の料理を食べてみて、そのすごさに初めて気がついた。

今までは「うまい」以外の感覚を抱いていなかったが、今食べると、なんというか、その、えーと、あれだ。

結局、すごくうまいのだ。

僕には、まだまだ「うまい」の先はわかりそうもない。

＊＊＊＊＊

このところ調子がよくて連勝を続けていたウォーズ将棋は、1級の達成率が98・7パーセントまで到達していた。

次に勝てば初段になれる。そんな大事な一局の会場に選んだのは、おじいちゃんちに向かう新幹線の車内。

お相手は、239勝658敗の初段の方。大きく負け越している方は、負けの悔しさを受け止めて勉強を続けているので、地力がある。

「よろしくお願いします」

こちらが後手。相手は飛車先を突いてくる。こちらが角道を開けると、相手も角道を開ける。

今度はこちらが角道を止めると、飛車先を伸ばしてきたので、角を上げて受け、何手か進んだのちに相手は居飛車穴熊。こちらは三間飛車で高美濃囲い。

穴熊に組ませないほうがいいのは肌感でわかってはいるが、拒み方がわからない。

四間飛車から三間飛車に変えた理由は、角成らず部の多くの人が愛用しているからだ。一個だけ飛車の場所が違うだけなのに、なぜか攻めやすい。

生活も将棋も、ちょっとしたことで大きく変わるのかもしれない。

毎回苦戦する右玉を採用することも考えたが、自分がされたら嫌なのでやらない。

最初は相手の嫌がることをしないというのが私の棋風だ。

＊＊＊＊＊

窓側の席を譲ってやろうと思ったのに、妹は見たことのない真剣な表情でスマホを見ている。

仕方がないので、そのまま窓側にとどまり景色を眺めることにした。

すぐに飽きてしまうが、それでも見続ける。

＊＊＊＊＊

壮太は景色を眺めているし、香織は夢中でスマホを見ている。

もう新幹線移動するのにジュースやおやつを買ってやらなくてもいい年になった。

乗る前に「何か買うか？」と聞いたときも、「食べ物は大丈夫」と断られ、飲み物も「水でいい」とそっけなかった。

昔は、売店の前で「おやつはひとつだけだよ」と伝えると、壮太も香織も真剣に選んでいた。あの顔を見るのが好きだったのに。

もうジュースより水のお年頃なんだな。

間をとって、せめて紅茶を選ぶような年頃がずっと続けばいいのに。

＊＊＊＊＊

局面が膠着《こうちゃく》していてどうしたらいいかわからず、高美濃囲いの上の金の前の歩を突き、そこへ銀を繰り出したら、〝色男流〟とエフェクトが出た。

何がどう色男なのかは知らないが、エフェクトになるほど有名な型なのだろう。知らずにできた自分を褒めたい。

ただ、局面はどうなるかよくわかんない。時間では負けているので、時間切れに注意だ。

＊＊＊＊

妹がスマホから目を離し、左上を真剣に見つめて考えごとをしていたかと思えば、すぐにまたスマホに目を戻す。

そのとき、僕のスマホの着信音が鳴った。

マネージャーからのメッセージで「別れた」とある。

＊＊＊＊

香織は「タンタントン……」などとつぶやきながらスマホを見ている。

壮太は、何やらニヤけながらスマホを見ている。

せっかくの新幹線での旅だというのに、親とひと言もしゃべってくれない。

まったく、かわいくないんだから。

あー、早く妻に会いたい。いつの間にこんなに生意気に育ったんだろうねって笑って話したい。

＊＊＊＊

早く勝ちたい。

いや、負けてもいいから早く決着をつけたい。

何度経験しても終盤は苦しく、勝つことより楽になりたいという気持ちが強くなる。

だけど、そんなときこそ我慢、我慢。

我慢できずに取り返しのつかないことは、もうしたくない。

攻めとしては遅いのでとても怖いが、歩を進めと金を作る。

もう一マス寄れば食らいつけるが、それをする前にお相手の攻めをしのがなければならない。

我慢、我慢。

＊＊＊＊

我慢、我慢。

一年過ごして選ばれなかったのだから、きっとこの先も可能性はない。

返事はしなくていい。

よくよく考えれば、そこまで好きではなかった。エースという立場上、マネージャーと付き合ったりするものなのかな、と思い込んでいたふしもある。

うん、好きじゃなかったな。

それだと返事をしないのはおかしいか。変に誤解されても困るし、なんて返事すればいいかな。

迷っていたら、なぜか先ほどのメッセージが取り消された。

＊＊＊＊

お相手の攻めは一段落。だがこちらの囲いもボロボロだ。

守るか？　攻めるか？　時間がない。

そのとき、スマホを持った壮太が、私をまたいで通路に出ていった。どうやら電話をかけに行くらしい。

慌てて私にぶつかりながら出ていく壮太は、ガサツすぎて嫌だ。

ただ、これがヒントになった。そろそろ相手の嫌がることをしよう、と金で穴熊に噛りつく。

時間との勝負。埋められて剥がす先の見えない攻防。苦しいけど、離さない。

ガサツに噛り続けたが、あと一押しが足りない。ここで反撃されたら、詰んでしまいそうだ。

深呼吸をして水を飲み、覚悟を決めると、いつの間にかお相手が投了した。

わけもわからず初段に昇段してしまった。

解析するとずっと勝勢だったらしいし、あれほど必死だったのに何度も詰みを逃していたらしい。

やっぱり勉強しないとな。

＊＊＊＊＊

車両の連結部分でマネージャーに電話をかけると、いつも通りの声。

「別れたの？」と聞くと、彼女はあっけらかんと答えた。

「うん。でも、泣いてすがるから許した。今、目の前にいる。私、男の人の涙に弱いんだよね」

そっかそっか、涙に弱いんだ……。

今度から悔しいときや悲しいときは、家族の前でも、みんなの前でも、素直に泣いてみようか。

＊＊＊＊＊

仙台駅に着くとミートさんが待ってくれていて、車で岩沼へ向かう。

ミートさんは妻の幼なじみで、私と同い年だ。もしかして、妻の初恋の相手だったりするのかな。そんなことを考えて嫉妬する自分をかわいいと思う。

年を重ねても、愛情が老け込むことはない。

あの日、バイト先で妻と恋に落ちてから、私はずっと恋に落ち続けている。

＊＊＊＊＊

祖父の家の庭はとても広い。

そこにガスコンロの鉄板焼きと、無数の椅子にテーブル。

テーブルの上には、お新香と冷やしたピーマン、トマトが並ぶ。

いったい何人集まっているのだろう？

ミートさんの奥さんと長男、次男、長女に、兄貴と呼ばれる人の家族。彦文さんの家族に、ジャーさんと呼ばれる方が祖父を囲んですでに宴を始めている。

全員が揃うまで待てなかったのか？　とは思ったが、祖父が笑っていたのでどうでもよくなった。


台所で母の手伝いをする。父から教えてもらった「堀内スペシャル」という簡単なつまみを作るためだ。

自分の作った料理を、家族以外に食べさせるのは初めてなのでワクワクする。

母には、ことみとしらすとごま油、３つの塩梅がちょうどいいと褒められた。

母は、料理の味も僕のことも褒めてくれる。

刻んだキャベツにあえて庭に持っていくと、さっきよりも人が増えていた。


祖父の隣にいると、入れ替わり立ち替わりたくさんの人がやってくる。

聖子さんと、石原夫妻と、きこちゃん、新さん。そう祖父に紹介された人たちは、父や母より年上だが、上品で豪快で素敵だ。彼らはお酒を酌み交わしながら、祖父と血圧の話で盛り上がっている。

祖父から野菜を仕入れて飲食店を営んでいる大ちゃんが鉄板で、ドカンとでかい塊肉と、ゴロゴロと大ぶりな海鮮を焼いている。

途端に堀内スペシャルの地味さが恥ずかしくなって、無言でテーブルに置いて立ち去ろうとしたが、その姿をペロリンと名乗る男性に見つかってしまった。

彼はこちらの気持ちなど関係なく、「六さん！　ひじー！　いっさん！」と仲間らしき人に声をかけて呼び集め、僕はあっという間に怖そうな人たちに囲まれた。

「君、ゆかりさんとこの子だよね？　これ、君が作ったの？」

まるでカツアゲをするかのように堀内スペシャルを奪われたが、みんな声を揃えて「うまい、うまい」を連発してくれた。

こんな幸せなカツアゲがあるとは知らなかった。


庭にはまだたくさんの知らない人たちがいる。

キャンプ道具を広げ、その場に簡易なＤＪブースを設けて音楽をかけはじめたのは中さんという人で、その周りで飲んでいるのが雄二さんと浅川さんと長浜さん。割烹着を着て関西弁でまくしたてているのは、ラーメン屋のオンさんと呼ばれる人で、リクルートスーツ姿でビールを瓶のまま飲んで泥酔しているのがハシポン。バーベキューにそぐわない派手なドレスを着て踊り狂っているのが、愛さんと奈美さん。

紹介されるそばから忘れてしまったけど、物静かで優しい祖父とは思えない交友関係の広さにちょっと怖くなる。

祖父にも祖父でない時間があり、父でない時間があったのだ。


祖父の言う「みんなでバーベキュー」のみんなとは、僕の想像をはるかに超える人数だった。そしてまだまだ増えている。もはやいちいち紹介もされない。

だけど、この人たちが全員、祖父のために集まってくれたことは確かだ。

僕の知らないところで生きているけど、みんなに大切な人がいて、いろんなことを抱えていて、その中のひとりに祖父がいて、みんな酒を飲み、メシを食べて、笑っている。

悲しいことも、怒りも、心配ごとも呑み込んで、まずは食べるのだ。


母が新米の炊き立てを大きなおひつに入れて持ってきた。

みんながいっせいに新米に群がり、おのおの紙皿によそう。

全員で「いただきます」と揃った声が、岩沼の空に広がっていく。

何かご飯が進むおかずか、ことみが欲しかったけど、みんなはそのまま食べている。

いつもはご飯だけを食べるなんて味が物足りないからしないのだけど、今日はみんなの真似をして食べてみた。

ほかほかの湯気のかおりと、ひなたのような香ばしさ。どっしりもちもちした歯ごたえと、噛み締めるほどあふれ出るご飯のうまみと甘み。

初めての感覚だった。

「うまい！！！！！！！！！！！」

思わず叫んでしまった僕を見て、その場にいる全員が、ひとり残らず笑っていた。

おしまい

あとがき

ご時世に強烈に背中を押されて、料理を始めたのが2年前。初めて作った炒め物は、責任と愛着という下駄を履かせてもうまいにはほど遠く、どうにか食べられるけどな、という味だった。

魚のあらを焼いたらウロコがボロボロ剥がれて、魚の意外なタフさを知った。口の中で変な刺さり方をしたら終わりだという不安を感じながら咀嚼したので、味わう余裕はなかった。

居酒屋に行ったら絶対頼むオニオンスライスを自分で作ったら、太すぎるし、辛かった。個性を出したくてハヤシライスに豆板醤を入れてみたら、案の定の味だった。

しばらくの期間、そういうものを作ってひとりで食べていたが、スーパーで偉大な先人たちに交じって買い物をすることも、汁物を一品足すと急に食事らしくなるという自分なりの発見も、すべてが新鮮で楽しかった。

「おいしい物」は食べていないが、「おいしく食べる」はできていたと思う。


1か月くらい続けると、自然に「うまい」と口にするような料理を3回に1回くらいは作れるようになったので、今度は誰かの「いただきます」と「ごちそうさま」を聞いてみたい願望を抑えきれなくなってきた。

ご時世が小休止したときに、その機会は訪れた。楽しみしか想像していなかったが、いざ自分の作った料理を食べてもらうとなると、忘れかけていた、しかし確実に知っているドキドキに襲われた。このドキドキは愛の告白をするときと一緒だ。

念願の「いただきます」を聞けたのに、結果が気になって楽しめない。相手が咀嚼している間は、告白の返事待ちの状態とそっくりで、何も手につかずに相手の顔色ばかりをうかがってしまうのだ。

これは自分だけではないと思う。プロの料理人の方でも、家族のために毎日作る方でも、料理を提供する瞬間、このドキドキが消えることはないんじゃないだろうか。

「うまい」と言われたい承認欲求はもちろんだけど、その欲求の根底には、相手に対して「生きるんだよ」っていう思いがあって、その照れくささにもドキドキしているんだろう。告白をするときに、結果よりも思いを伝えること自体にドキドキするのと同じだ。

「うまい」と思えれば、明日は確実に生きられるし、今日の傷も少しは癒える。

「料理は愛情」と言っていた料理家さんがいた。その言葉を聞いた当時は、「愛情を込めればおいしくなる」という意味だと解釈していたが、「料理を作るという行為自体が愛情だよ」という意味だったのかもしれない。

本当は料理が苦手だけど毎日作っている、そんな方への賛歌にも聞こえてくる。

僕の料理を食べてくれた人からは、あいにく「うまい」ではなく「塩分が強い」という返事をいただいたが、とても言いづらそうにしていたので、そこもフラれるときに似ているなと思った。

作る側としては残念なデビューだったが、こうして今日まで生きてきたということは、今日までご飯を食べてきたわけで。外食でも、コンビニのお弁当でも、食べるたびに、誰かに「生きるんだよ」と思われていたと考えると、感慨深い。これが料理を作るようになってからの最大の発見だった。

ちなみに、その半年後くらいに、炊飯器で作ったラフテーで正真正銘の「うまい」をいただきました。初めて煮物を作ったときは、「ずっと食べてられる」のお言葉もいただきました。

本作のポッドキャスト版のシナリオを書いてから、スーパー二重丸の店長の話や買い物客の話、神社の野良猫の話など、文久町に住む人たちの話ばかりを書いている。どのキャラクターにも思い入れがあるので、作品を越えて彼らが交わるシーンを書けると、「奇跡が起きた」と喜んでいた。自分で書いているんだから、作為的な奇跡なんだけど。

そもそもポッドキャスト版のお話がきたことも、自分の人生では珍しく奇跡が重なった感じだったし、今回の小説版の出版もそうだ。しかし、自分もいい大人なので、自分が奇跡だと思っていることの裏には多くの方のご尽力があったことも想像できる。それは奇跡よりも嬉しいことだ。

この場を借りて感謝をお伝えしたいです。


ただ、ご尽力いただいた方は関係者なので、ここを読む可能性が非常に高い。読まれるとわかっていて感謝の言葉を書くのは、遠回しに「またご尽力してくれ」と言っているのと変わらない気がする。だから、わざわざ名前は書きませんが、皆様に感謝しております。自分が思っている以上に、たくさんの方がご尽力してくださったのだと思います。本当にありがとうございます。

関係者ではないのに、読んで感想をくれたフルーツおじさんさん、ありがとう。関係者でないと素直に言えます。それから、将棋関係者の方、ごめんなさい。


いつか、この文章を読んでいるすべての皆様に料理を振る舞わせてください。そして、皆様の「うまい」を聞かせてください。

まだ誰にも食べてもらってないですが、最近では「餡かけおでん」が自信作です。

2023年1月吉日　オコチャ

ラジオドラマ
「食わざるもの、DON'T WORK」
2021年10月27日より
全6話をPodcastにて配信

STAFF & CAST

作・演出　オコチャ
イラスト　矢部太郎
声の出演　土橋竜太（生井壮太役）
泉ノ波あみ（生井香織役）
伊藤修子（生井ゆかり役）
室田真宏（生井ひろし役）
伊藤真奈美
木原実優
川﨑珠莉
遠藤かおる
音楽　鎌田雅人
企画・製作　株式会社ニッポン放送
吉本興業株式会社
制作　株式会社シェおすぎ

BOOK STAFF

作　オコチャ
装画・挿絵　矢部太郎
デザイン　扶桑社デザイン室
DTP　Office SASAI
校正・校閲　小西義之
編集　福田裕介（扶桑社）

SPECIAL THANKS

井澤元清（吉本興業）
合田雄太（吉本興業）
兼松辰幸（吉本興業）
松川浩樹（吉本興業）
浅野莉穂（吉本興業）
澤田真吾（ニッポン放送）
中出　桂（ニッポン放送）

オコチャ

1978年生まれ。1999年にピン芸人としてデビュー。2011年から2015年まで「宮城住みます芸人」として活動する。舞台脚本『マジで忠臣蔵!!』のほか、2016年に執筆した映画脚本『おかえりのある場所』は第8回沖縄国際映画祭において沖縄じんぶん賞グランプリを受賞するなど、脚本家としても活躍。2021年にラジオドラマ『食わざるもの DON'T WORK』、2022年にはテレビドラマ『量産型リコ －プラモ女子の人生組み立て記－』の脚本（5話・7話）を手掛ける。現在は舞台脚本を中心に活動中。

矢部太郎（ヤベ・タロウ）

1977年生まれ。芸人・マンガ家。1997年に「カラテカ」を結成。第22回手塚治虫文化賞短編賞を受賞した『大家さんと僕』『大家さんと僕 これから』、共著の『「大家さんと僕」と僕』が、シリーズ累計で120万部を突破する大ベストセラーに（すべて新潮社）。絵本・紙芝居作家である実の父をモデルにした『ぼくのお父さん』（新潮社）も15万部超のヒットとなっている。「モーニング」に連載中の新作『楽屋のトナくん』（講談社）の単行本第1巻が2022年10月に刊行された。

食わざるもの、DON'T WORK

発行日　2023年2月2日　初版第1刷発行

著　者　作／オコチャ
　　　　挿画／矢部太郎

発行者　檜原麻希

発　行　株式会社ニッポン放送
　　　　〒100-8439
　　　　東京都千代田区有楽町1-9-3

発　売　株式会社 扶桑社
　　　　〒105-8070
　　　　東京都港区芝浦1-1-1 浜松町ビルディング
　　　　電話　03-6368-8870（編集）
　　　　　　　03-6368-8891（郵便室）
　　　　www.fusosha.co.jp

印刷・製本　図書印刷株式会社

定価はカバーに表示してあります。造本には十分注意しておりますが、落丁・乱丁（本のページの抜け落ちや順序の間違い）の場合は、小社郵便室宛にお送りください。送料は小社負担でお取り替えいたします（古書店で購入したものについては、お取り替えできません）。

Printed in Japan　ISBN 978-4-594-09325-9